Véronique Delamarre Bellégo

Banzaï Sakura

oskar
éditeur

« *J'avais une maison au Japon...* »

À mes enfants chéris, Thomas, Charlotte et Marie,
À Olivier,

À nos trois années passées à Tokyo,
Et dont le souvenir restera à jamais blotti dans le nid de mon cœur,
Aux petits matins heureux, aux ruelles en pente, aux Irashaimasu, aux rencontres, à la lumière, à la douceur de l'air, aux douves du Palais impérial, aux temples nichés dans la ville, à la lune qui se baigne dans l'eau du onsen, au Fuji-san qui accroche les nuages, au plaisir chaque jour renouvelé de découvrir une culture inconnue, d'être décentré, d'aller vers l'autre, de croiser son regard, de toucher son âme, et de choisir d'en être à jamais transformé.

À Tokyo, Nikko, Kamakura, Kyoto, Nara, Yamanakako,

Le temps a passé.

« *Grimpe en douceur*
Petit escargot
Tu es sur le Fuji ! »
Haïku du poète Issa.

Chapitre 1
Le carnet

Bonjour,
Tu es le plus beau carnet que j'aie jamais vu. Tu viens du Japon – le sais-tu ? – et ta couverture de papier rouge est ornée d'une multitude de fleurs de cerisiers à cinq pétales.

Tu as été fabriqué dans un très ancien magasin de Tokyo, une vieille boutique en bois blottie dans une petite rue en pente qui s'appelle la Kagurazaka. C'est Sakura qui me l'a dit. J'adore quand elle m'apprend des mots japonais, j'ai l'impression de voyager au bout du monde avec elle. Toi aussi, tu as fait un grand voyage pour arriver jusqu'à moi.

C'est très intimidant d'écrire ses premiers mots sur la première page blanche d'un si beau carnet. Toi et moi, nous ne nous connaissons pas encore, c'est la première fois que nous nous parlons, mais nous deviendrons amis tous les deux, tu veux bien ? Oh lala, je ne sais pas parler à un journal intime, moi. Je suis plus à l'aise sur un terrain de foot. D'ailleurs, faut-il que je t'appelle « journal intime » ou « carnet » ? Ou préfères-tu que je te donne un nom, genre Raymond-le-cornichon, Gudule ou Aglaé ? Non, je rigole, pas de panique, tu n'as vraiment pas une tête à porter un nom ridicule.

Je vais donc te raconter ce qui s'est passé depuis le jour où Sakura est entrée dans ma vie. Il se peut que je te fasse aussi des confidences, que je te livre quelques secrets, alors interdit d'aller tout raconter à tes copains les autres carnets. Compris ? Sinon, couic, je te zigouille, je te déchire, je te découpe en morceaux, je te réduis en confettis, et, avec tes restes, je fais un grand feu dans le jardin et j'envoie tes cendres au Japon.

Bon, soyons un peu sérieux, tu te demandes peut-être pourquoi je débarque comme ça, sans prévenir, dans tes pages vierges. En vérité, je n'ai rien décidé du tout, c'est Sakura qui me l'a demandé, hier, après ma fête d'anniversaire. Elle m'a offert un cadeau enveloppé dans un tissu coloré. J'ai ouvert et c'était toi, mon carnet japonais.

Elle m'a dit :

— Jo, je voudrais que tu écrives notre histoire. Pour que nous n'oubliions jamais cette année mémorable de CM2. Quand nous serons vieilles et ridées, comme des petites pommes séchées, nous demanderons à nos arrière-petits-enfants de nous relire ces pages et nous rirons comme des fillettes. À toi de jouer, ma *tomadachi*, écris !

Tomodachi, cela veut dire « ami » ou « amie » en japonais ; Sakura et moi, nous sommes *tomodachi* pour la vie.

Au fait, si tu veux en savoir un peu plus sur moi, mon vrai nom c'est Joséphine, mais je préfère qu'on m'appelle Jo. J'ai les cheveux châtains et bouclés, les yeux marron, je suis sportive, pas très grande, je suis bonne élève, surtout en français, j'adore lire et écrire. J'ai, paraît-il, un beau sourire. J'ai onze ans depuis une semaine, je vis en France, en région parisienne, j'ai deux grands frères, je suis au CM2, à l'école George Sand, dans la classe de Mme Louis, et en septembre je ferai ma rentrée en sixième au collège Colette. Avec Sakura.

Il faut que je te parle d'elle. C'est la personne la plus géniale que je connaisse, c'est mon amie, une amie comme je n'en avais jamais eu avant. Retiens son prénom, car tu vas en entendre parler souvent. Sakura par-ci, Sakura par-là, j'ai des milliers de choses à te dire à son sujet.

Sakura, elle n'a peur de rien. Ni de personne.

Ni de Jules, ni de Gabin, ni de Youri, ni de Fabio. Même pas de Fabio.

Pour l'instant elle n'a que onze ans, comme moi, mais quand elle sera grande, elle sera peut-être présidente du Japon, ou super-héros, ou Robin des bois, ou héroïne de manga. Ou peut-être reine des Pokémon légendaires. Pas seulement parce qu'elle est japonaise, mais parce qu'elle est très courageuse. Tu trouves que j'exagère ? Attends un peu de savoir ce qu'elle a fait cette année, je te promets que tu vas être surpris !

Bon, tu l'as compris, c'est ma meilleure amie pour la vie. Et au-delà peut-être !

Pourtant, nous aurions pu ne jamais nous rencontrer. Nous sommes nées à dix mille kilomètres de distance, sur des continents différents, elle en Asie, moi en Europe. Il y a encore cinq mois elle vivait au Japon, à Tokyo, très loin de moi, dans une petite maison de la ruelle Yukizaka dans le quartier d'Ichigaya. Puis, un matin, elle a quitté son pays avec toute sa famille, ses valises et son chat Neko, elle a traversé la moitié de la planète en avion pour venir s'installer en France, et elle a atterri dans *ma* classe, au CM2a de l'école George Sand.

Je crois que c'est le destin qui nous a réunies.

Pourquoi a-t-elle déménagé ? Son papa a accepté la mission de venir travailler à Paris pendant deux ou trois ans, alors toute sa famille l'a suivi ; Sakura, sa maman Miyuki et son petit frère Ichiro. Son papa Kenzo est un très grand savant qui sait calculer la chaleur du soleil, de l'énergie nucléaire ou de choses compliquées comme celles-là. Sa maman est chef à Tokyo, et maintenant elle donne des cours de cuisine japonaise à Paris.

Au Japon, Sakura était élève de l'école franco-japonaise de Fujimi et elle suivait tous les cours en français. Elle parle donc notre langue couramment, avec un petit accent trop mignon.

Bon, c'est tout pour aujourd'hui, il faut que je fasse mes devoirs, la suite au prochain épisode ! Demain je vais t'expliquer ce qui s'est passé le jour de l'arrivée de Sakura dans ma classe. Tout avait mal commencé, mais ensuite, quelle aventure !

À bientôt, cher carnet.

Chapitre 2
Banzaï !

Cher carnet,
Aujourd'hui je vais donc te raconter comment tout a commencé. C'était le 3 janvier. Tu es prêt ? Alors écoute bien...

On avait à peine fini de fêter Noël qu'il fallait déjà retourner à l'école. Je serais bien restée encore un peu à la maison, moi. Les vacances, c'est toujours trop court.
Mme Louis, notre maîtresse, nous attendait de pied ferme et semblait très heureuse de retrouver ses vingt-six élèves. Elle ressemblait à une chouette d'*Harry Potter* avec son bronzage et ses marques de lunettes de ski. Elle était rigolote.
— Bonjour les enfants, vous avez tous passé de bonnes vacances ? Vous vous êtes bien reposés au moins ?

Nos réponses ont fait un grand brouhaha de *oui, ouais, non, bof, ça va, c'était cool, vive les vacances, à mort l'école.*

— Un peu de calme, s'il vous plaît. Ne dites pas n'importe quoi. Chacun à sa place, j'ai quelque chose d'important à vous dire. De très important même.

Rien de mieux qu'un peu de mystère pour obtenir le silence.

— Aujourd'hui nous avons le plaisir d'accueillir une nouvelle élève dans notre classe. Elle arrive de Tokyo, capitale du Japon, et va passer le reste de l'année avec nous. Nous lui souhaitons la bienvenue en France, dans notre école. Et je compte sur vous pour l'aider à s'intégrer rapidement. Je vous présente mademoiselle Yamanakako. Viens Sakura, entre !

La nouvelle élève, qui était restée dans le couloir, s'est avancée vers le tableau et s'est placée à côté de Mme Louis. Elle ressemblait à une Japonaise de dessin animé : brune, avec une frange droite, des yeux foncés, la peau claire, un très petit nez et des yeux bridés. Elle portait de grandes chaussettes blanches, une jupe plissée bleu marine et une veste avec un écusson brodé. Un look très manga, la grande classe !

Elle nous a regardés fixement, un à un, sans cligner des yeux, avec un air super sérieux, puis elle s'est pliée en deux comme un automate, les bras le long du corps, le dos à angle droit et la tête inclinée, et a dit d'une voix claire :

— *Konichiwa*, bonjour ! Je m'appelle Sakura Yamanakako. Je suis très honorée de faire votre connaissance.

Nous avons ouvert de grands yeux étonnés, et pendant quelques secondes personne n'a réagi. Si un extraterrestre en tutu rose avait posé dans la classe sa soucoupe volante, nous n'aurions pas été plus surpris.

Puis, soudain, sans prévenir, Fabio, surnommé Fabio-débilo, le caïd, le pire élève de la classe du CM2a, s'est mis à hurler :

— *BANZAÏ !*

Les murs de classe en ont vibré de surprise.

Personne ne savait ce que cela voulait dire exactement, mais, le connaissant, dans sa bouche c'était forcément une insulte ou une méchanceté.

La nouvelle a sursauté et elle s'est redressée, stupéfaite. Elle a mis sa main devant sa bouche, comme pour masquer un « fou sourire », et s'est de nouveau inclinée devant Fabio en disant :

— Merci ! *Arigato gozaimasu* !

Ce qui veut dire « merci beaucoup » en japonais.

La maîtresse a bondi comme un tigre et s'est précipitée vers Fabio, furieuse. Elle était rouge de colère. J'ai cru qu'elle allait lui arracher les yeux et le cœur, et le dévorer tout cru.

— Fabio, je peux savoir ce qui te prend ? Veux-tu t'excuser immédiatement !

Fabio, s'est reculé en faisant grincer sa chaise, s'est relevé lourdement tel un gorille, a enfoncé ses mains dans ses poches et a dit d'un air crâneur, en se balançant d'une jambe sur l'autre :

— Yo, paaaardoooon, Miss Jaaaapooon !

La honte ! Bon comme ça, cher carnet, tu situes Fabio. Depuis toujours, c'est une calamité, une catastrophe, un fléau. Et, en plus, depuis le début de l'année, il se prend pour un ado, façon jean taille très basse, fesses et caleçon à l'air, sweat à capuche enfoncée jusqu'au nez et démarche de singe. Il grogne, il rote, il rit bêtement, il soupire en classe, regarde le ciel au lieu d'écouter les cours, et surtout, il embête tout le monde.

Illico, les garçons de sa bande, Jules tête-de-mule, Gabin-pas-malin et Youri-le-pourri ont éclaté de rire et se sont tous mis à hurler *Banzaï ! Banzaï !* sous le regard stupéfait de la nouvelle.

À part ces quatre crétins-là, les autres n'ont

pas bronché. Ni les filles, ni nos copains garçons, les sympas, les gentils, ceux qui ne nous embêtent pas du matin au soir. Nous nous sommes regardés, gênés. Nous étions tous malheureux pour la pauvre élève japonaise qui se tenait digne debout devant nous, toute calme et souriante face à une classe mal élevée et bruyante.

Aucun d'entre nous n'aurait voulu être à sa place.

C'est déjà difficile d'arriver dans une nouvelle école. Mais quand en plus c'est en milieu d'année, dans un pays étranger, où l'on ne connaît personne, cela doit être horrible. Et là, avec les méchancetés de Fabio, elle devait vivre un vrai cauchemar.

Mme Louis a poussé un rugissement de dragon déchaîné, a distribué quelques grosses punitions, a envoyé Fabio et Jules passer le reste de la matinée dans la classe du directeur, et Gabin et Youri dans celle des CM1, et elle a rétabli l'ordre.

La nouvelle élève s'est installée calmement au premier rang, a sorti ses affaires de son drôle de cartable en cuir noir.

J'ai tordu le cou pour essayer de distinguer à quoi ressemblait une trousse japonaise, des crayons japonais, des cahiers japonais. Parce que c'était la première fois de ma vie que je voyais une Japonaise de mon âge en vrai. Je veux dire : ailleurs qu'à la télé ou dans les mangas.

Mme Louis a écrit son prénom au tableau pour qu'on s'en souvienne : *SAKURA*.

— Est-ce que cela signifie quelque chose en japonais ? lui a-t-elle demandé pour être gentille.

— Oui, madame professeur, je suis « Fleur de cerisier ».

J'ai trouvé cela très joli.

Chapitre 3
Longue vie à l'impératrice !

Quand nous sommes sortis pour la récréation, Fabio nous attendait en bas de l'escalier, un pied appuyé contre le mur, les mains enfoncées dans les poches, avec dans le regard l'étincelle insupportable de celui qui a un mauvais coup à faire et qui n'en peut plus d'attendre que sa victime pointe le bout de son nez.

J'ai allongé le pas pour rattraper Sakura qui marchait devant, et ne pas la laisser toute seule affronter la bêtise de Fabio.

Quand elle est passée devant lui, il a crié à son intention :

— Moi, j'aime pas les Niakoués.

Cela m'a choquée et j'ai eu honte. D'habitude j'évite d'affronter Fabio, mais là je n'ai pas hésité, je l'ai bousculé et lui ai lancé d'une voix forte :

— Moi j'aime pas les gros débilos. Laisse-la tranquille.

Fabio, il est un peu gros – ce n'était pas gentil de le dire – et très bête. Furieux, il a essayé de m'attraper les cheveux, mais je me suis dégagée, énervée, et suis allée rejoindre Sakura, qui n'avait pas réagi.

— Salut, je m'appelle Jo.

— Bonjour, Jo. Enchantée de faire ta connaissance.

— Moi aussi, je suis contente de faire ta connaissance. Bienvenue dans notre école. Viens, je vais te présenter tout le monde. On se regroupe là-bas, dans le fond de la cour, près du banc. Il y a toute la bande.

Du coin de l'œil j'ai vu Fabio entouré de ses trois fidèles fripouilles, qui me regardait méchamment. Le message était clair, cela voulait dire : « On réglera ça plus tard, à l'entraînement de foot. » Fabio et moi, on joue dans la même équipe. Et ce n'est pas pour me vanter, mais avec mes petites jambes et mon courage, je fais circuler le ballon plus vite que lui. Fabio, sa spécialité, c'est de rester planté au milieu du terrain, de hurler des ordres que personne n'écoute et d'être fier de lui chaque fois qu'un de ses coéquipiers marque un but. Même au foot il ne sert à rien, il est nul.

Mon cher carnet, tu l'auras compris, je déteste ce garçon. Fabio, c'est mon cauchemar, mon ennemi depuis toujours, depuis la maternelle où il essayait de m'embrasser de force pendant la sieste. Et ça, je ne le lui ai jamais pardonné.

J'ai présenté tous les copains-copines à Sakura : Inès, Safia, Shahina, Rozenn, Cécile, Étienne, Joachim, Frédrick, Julien, Marcel, Jason, et les autres. En fait à part Fabio et les trois idiots, je m'entends bien avec tout le monde. Bien sûr, il y a des disputes et des bagarres, mais on finit toujours par faire la paix.
— Ça veut dire quoi, *Niakoué*, s'il te plaît ? m'a demandé poliment Sakura.
— Je ne sais pas, ai-je répondu. C'est sûrement une méchanceté. Mais ne fais pas attention à ce garçon, il est complètement idiot.
— Et *banzaï*, ça veut dire quoi ? lui a demandé Cécile. Pourquoi tu lui as dit merci ?
— Un bonsaï, c'est un petit arbre, c'est ça ? est intervenu Étienne. Alors, peut-être qu'il trouve que tu ressembles à un arbre.

Sakura a de nouveau mis sa main devant sa bouche pour dissimuler un sourire.

— Mais non, pas bonsaï, *banzaï* ! l'a-t-elle repris.

— C'est quoi la différence ? a répliqué Étienne, surpris.

— Un bonsaï, c'est un arbre miniature, et banzaï, c'est un cri de guerre. Ça veut dire : « À l'attaque ! » a répondu Sakura. (Un grand sourire est apparu comme par magie sur son visage.) Il est trop drôle, Fabio ! Au Japon, *banzaï*, ça veut surtout dire : « Longue vie à Sa Majesté l'empereur ! »

— Cool ! me suis-je exclamée. Fabio t'a accueillie comme si tu étais un empereur ?

— Oui, plutôt une impératrice, a corrigé Sakura. Et, en faisant cela, il s'est mis à mon service !

Tout le monde a éclaté de rire. Imaginer Fabio-débilo au service de la gracieuse Sakura, c'était vraiment amusant.

En remontant dans la classe, j'ai quand même sérieusement mis Sakura en garde.

— Méfie-toi de Fabio, c'est le roi des coups en douce et des vacheries.

— D'accord, je ferai attention.

— Tu parles tellement bien français, Sakura ! Où as-tu appris ?

— Merci ! À Tokyo j'étais à l'École franco-japonaise, alors je suivais les cours en français tous les jours. Et puis, j'adore la France.

Je l'ai trouvée super sympa, polie, bien élevée et très jolie. J'avais déjà envie qu'elle devienne mon amie.

Mais, ce que je ne savais pas encore ce jour-là, c'est que Sakura, si sage derrière sa jolie frange bien droite, allait réussir à dompter Fabio, à en faire une boulette de viande, une croquette pour chat, une crêpe molle. Elle allait lui mettre la honte de sa vie. Et venger toutes les filles de l'école.

Voilà, c'est tout pour aujourd'hui. À demain, cher carnet.

Non, n'insiste pas, tu n'en sauras pas plus aujourd'hui. Je vais faire comme les écrivains, je vais mettre du suspense dans mon histoire. Et toc !

Sayonara, ja mata [1].

Encore une chose ? Tu veux savoir ce que

---

1 : « Au revoir, à bientôt. »

signifie Niakoué ? J'ai interrogé mes parents. À l'origine c'était un mot vietnamien, *nhà quê*, qui veut dire « paysan ». Et puis petit à petit, personne ne sait pourquoi c'est devenu en français une insulte raciste pour désigner des gens qui viennent d'Asie. C'est un mot très méchant.

J'ai tellement honte que Fabio ait dit ça à Sakura.

Mais rassure-toi, elle s'est bien vengée !

Chapitre 4
Jan-ken-pon

Cher carnet,
Après cette première journée – hélas, hélas et mille fois hélas – Fabio a continué à s'acharner sur Sakura.

Le lendemain, quand je suis arrivée, j'ai tout de suite vu qu'avec ses copains il faisait comme une haie d'honneur devant l'école. Ils avaient leur tête des grands jours, ils préparaient un mauvais coup. Je me suis doutée que cela concernerait Sakura.
Je me suis approchée d'eux à grandes enjambées.
— Qu'est ce que tu as contre elle, Fabio ? lui ai-je demandé. Tu ne peux pas la laisser tranquille ? Elle est nouvelle, elle vient de déménager, fiche-lui la paix.
Il m'a dévisagée, un air moqueur sur le visage.

— Pourquoi ? C'est ta protégée ? Allez, le garçon manqué, pousse-toi !

Je n'aime pas qu'on m'appelle comme ça. Je suis comme je suis, cela ne regarde que moi. Je suis une fille, mais il est vrai que je préfère le foot aux poupées, si c'est ça l'idée. J'ai le droit, non ?

— Si je suis un garçon manqué, tu es quoi toi ? Un garçon raté ? Un crétin parfait ?

Fabio a attrapé le col de mon manteau et a esquissé un coup de tête dans ma direction. Je l'ai regardé droit dans les yeux, sans peur. Au foot, j'ai appris à être bousculée et à me défendre. Et à la maison mes deux frères ne me font pas de cadeaux. Du coin de l'œil, j'ai aperçu Sakura qui s'approchait de l'entrée.

Fabio l'a vue en même temps que moi, il m'a lâchée et a foncé sur elle.

À peine a-t-elle eu le temps de franchir la grille qu'il lui a dit :

— Salut, la Niakoué. Alors, comme ça il paraît que tu manges du chien !

Il avait crié assez fort pour que tout le monde l'entende. Les conversations se sont interrompues.

— Bonjour, Fabio. Je ne suis pas « niakoué » mais japonaise. Et non, les Japonais ne mangent pas les chiens. Et toi, tu manges du chien ? Du chat ?

— Pouah, t'es malade ou quoi ! s'est écrié Fabio, surpris. Je ne suis pas un sauvage, moi !

— Moi non plus je ne suis pas une sauvage, a répondu Sakura. Fabio, je peux te poser une question ?

Il a poussé un grognement de sanglier et a ricané.

— Vas-y, miss wasabi[1] ! Pose toujours...

— Qu'est-ce que ça veut dire, « Niakoué » ? lui a-t-elle demandé.

Il a éclaté d'un gros rire bien gras, et a cherché ses copains du regard. Ah, le courage des garçons en bande !

— Les Niakoué, c'est les Jaunes ! Ah ah ah, mort de rire !

Sakura n'a pas réagi.

— C'est quoi, les « Jaunes » ? a-t-elle continué.

— Les Jaunes, c'est les Chinetoques ! Ah ah ah ! s'est esclaffé Fabio en se tapant comme un chimpanzé sur la cuisse.

Sakura est restée imperturbable.

— C'est quoi, les « Chinetoques » ?

— Ben t'es bouchée ou quoi, *Chinetoque*, c'est Chinois !

Il commençait à s'énerver un peu. Un attroupement s'était formé autour d'eux.

1 : Moutarde japonaise.

— Je ne suis pas chinoise, a répondu Sakura calmement, je suis japonaise.
— C'est pareil, kif-kif bourricot, z'y va, miss manga ! a crié Fabio.
— Non ce n'est pas pareil, *Fabienne*, a répondu Sakura.
Fabio est devenu tout rouge et avancé le poing à hauteur de son nez comme s'il voulait la frapper. Elle n'a ni tremblé, ni bougé un seul cil. Quel sang-froid !
— Je m'appelle Fabio, pas Fabienne ! Fais gaffe, toi ! Joue pas à ça avec moi, sinon...
— Ah bon ! a répondu Sakura, en prenant un air ingénu. *Fabio-Fabienne*, c'est comme *Japonais-Chinois*, c'est pareil, non ?
Fabio est resté sans voix. Il semblait mal à l'aise. Je le connais, il est toujours plus fort de loin. Sakura l'a regardé, et elle a souri. Il a rougi. Elle est partie.

Ainsi donc, notre nouvelle élève japonaise n'était pas une petite créature fragile, et derrière le masque de sa politesse se cachait une redoutable guerrière ! Quelle bonne surprise ! J'ai souri à mon tour. Je me sentais une soudaine envie de m'intéresser de très près à la culture japonaise.

Mais le pire a eu lieu le mardi suivant. Ce matin-là, il pleuvait. Sakura est arrivée habillée comme le Petit Chaperon rouge : des bottes rouges brillantes avec des petites fleurs roses, un manteau rouge vif, un parapluie blanc avec des papillons orange et rouges. Une véritable apparition.

— Eh, regardez, y a miss manga déguisée en fraise Tagada, s'est exclamé Fabio sur son passage.

Sakura n'a pas relevé, elle l'a juste salué en passant devant lui.

Avant d'entrer en classe, elle a retiré son manteau, plié son parapluie et enlevé ses bottes.

Alors Fabio, qui décidément ne devait pas la quitter des yeux une seule seconde, est parti d'un grand éclat de rire.

— Oh regardez, elle a des mains à la place des pieds !

Nous nous sommes approchés. Sakura portait des chaussettes super bizarres avec des doigts. Comme des gants de pied. Aucun d'entre nous n'avait jamais vu de telles chaussettes. Mais ce n'était pas une raison pour se moquer d'elle. Peut-être que c'est la mode au Japon, les gants de pied.

Imperturbable, elle a sorti de son sac deux petits chaussons roses Hello Kitty, qu'elle a enfilés.

— En chaussons à l'école, trop la honte, pourquoi pas en pyjama tant que tu y es ? a ricané Fabio.

Elle l'a entendu et a baissé les yeux vers les chaussures pleines de boue de Fabio. Nous avons tous regardé avec elle, Fabio aussi. Il a posé son regard en même temps que nous sur ses baskets d'un gris douteux, couvertes de terre, aux lacés mal serrés et effilochés. Il a relevé les yeux, a croisé ceux de Sakura, qui a incliné la tête devant lui avec un petit sourire.

— Je crois qu'elle se fout de toi, là, lui a glissé Youri à l'oreille.

Une fois encore, elle l'avait fait rougir !

Mais Fabio ne s'est pas avoué battu. Le midi, à la cantine, il s'est mis à raconter à tout le monde l'histoire des chaussettes, et, à clamer à la cantonade que Sakura était un singe.

— Les Japonais descendent du singe. Ils mangent avec leurs pieds, comme des singes, c'est pour ça qu'ils portent des gants aux pieds ; te gêne pas pour nous, Miss Japon, fais comme chez toi, grimpe sur la table et mange tes frites avec tes orteils !

Il s'est mis à courir entre les allées en sautant comme un chimpanzé et en se grattant sous les bras. Il répétait en boucle :

Jan-ken-pon

— Je m'appelle Sakura Kaka, j'ai des chaussettes à doigts, je suis une guenon, houba, houba !

Nous nous sommes tous levés pour le faire taire, mais le directeur a été plus rapide que nous, il l'a rattrapé par la capuche, l'a puni, l'exilant dans les cuisines sous la surveillance de tous les cuisiniers.

Mais le mal était fait, Fabio nous avait coupé l'appétit.

— Moi je les trouve super classe, tes chaussettes, a soupiré Étienne. Quel abruti, ce Fabio !

— Merci, a répondu Sakura dans un sourire, c'est surtout pratique pour enfiler les chaussures de paille de riz. Et puis à l'école, à Tokyo, quand il pleut, on doit laisser ses chaussures à l'entrée pour ne pas salir la classe. Je ne savais pas que ce n'était pas la coutume en France. Au Japon, on enlève toujours ses chaussures quand on entre quelque part. Pour que les saletés du dehors ne souillent pas l'intérieur.

Après le déjeuner, comme il pleuvait, nous avons eu le droit de rester dans le préau.

Sakura nous a appris à jouer à jan-ken-pon. C'est le pierre-feuille-ciseaux japonais. C'est très drôle, c'est le même jeu qu'en France, avec les mêmes règles, mais pierre se dit *jan*, feuille se dit *ken*, et ciseaux *pon*. Il paraît que c'est très populaire au Japon. D'abord on dit : « *Sai sho wa gu* [1] », puis « *jan ken pon* », et si on est a égalité on dit : « *Ai ko desho* » et on recommence. C'est intéressant de découvrir que des enfants qui ne se connaissent pas peuvent jouer aux mêmes jeux de part et d'autre de la planète.

Ensuite Sakura a sorti des feuilles de papier et nous a montré comment faire des pliages, des origamis.

— C'est un nom de forfait de téléphone, ton truc ! a lancé Fabio qui rôdait dans les parages.

— Je ne sais pas. Mais, c'est possible, il y a beaucoup de noms japonais dans la langue française.

Fabio l'a regardée bêtement.

— C'est ça, oui ! N'importe quoi, miss sushi.

— Les cultures se mélangent, tu sais, elles voyagent, lui a-t-elle répondu gentiment.

— Ah ouais... a-t-il ricané.

— Bien sûr. Selon toi, Fabio, qui a inventé les Pokémon ?

1 : さいしょはぐう
sai sho wa gu
じゃんけんぽん
jan ken pon
あいこでしよ
ai ko de sho
しよしよでしよ
sho sho de sho

— Euh...

— Les Japonais ! *Pokémon*, ça veut dire « monstre de poche ». *Poketto Monster*. Et les Tamagotchis ? Et les mangas ? One Piece, Naruto, Fruits Basket ? Les samouraïs, les Power Rangers ? Tu veux que je continue ?

— Les mangas, trop pas ! s'est exclamé Fabio. C'est français !

— Ah oui, a répliqué Sakura, alors pourquoi ça se lit de droite à gauche, comme au Japon ? Et les personnages de mangas, ils ressemblent à des garçons comme toi ou à des filles comme moi ? Hein ?

— C'est ça, ouais, tu dis n'importe quoi...

Il s'est assis un peu plus loin avec ses copains pour ruminer sa colère. J'étais sûre qu'il préparait une nouvelle attaque. Je n'ai pas attendu longtemps pour le savoir.

— Eh, Miss Fukushima, a-t-il hurlé, si fort que tout le monde l'a entendu d'un bout à l'autre de la salle, t'es pas radioactive au moins ? Sinon, rentre chez toi, nous, on ne veut pas de déchets nucléaires chez nous.

J'ai bondi, mais Joachim a été plus rapide que moi.

— Ça suffit, c'est nul, arrête maintenant.

Fabio l'a regardé en ricanant.

L'insulte de Fabio avait touché Sakura.

— Ne fais pas attention à lui, c'est un crétin !

— Mais pourquoi se moque-t-il tout le temps de moi ? Est-ce que c'est de l'humour français ?

— Non, pas du tout ! a protesté Étienne. Ce n'est pas de l'humour, c'est juste bête et méchant.

— Est-ce que j'ai fait quelque chose qui lui a déplu ? nous a demandé Sakura.

— Non, tu n'y es pour rien, a répondu Joachim. Ce n'est pas ta faute. Fabio n'aime pas les étrangers. Il est raciste. Et il n'aime pas non plus les filles. Il insulte tous ceux qui ne sont pas comme lui. Il est agressif, il cherche tout le temps la bagarre. Il se prend pour un caïd. Il pense que ça le rend intéressant. Fabio, on ne l'aime pas.

— Ah... Et il y a beaucoup de gens qui lui ressemblent ici ?

— Non, ne t'inquiète pas ! l'ai-je rassurée. Nous on t'aime tous, Sakura ! Et puis tu sais, nous aussi nous sommes tous un peu des étrangers. Shahina est indienne, Safia algérienne, Inès à moitié marocaine, Frédrick rwandais, Joachim portugais, et Étienne canadien. D'ailleurs, même Fabio, il est un peu étranger, mais il n'est pas assez intelligent pour s'en rendre compte.

Sakura a froncé les sourcils.

— Tu veux dire que Fabio est étranger et qu'il

n'aime pas les étrangers ? (Elle a ouvert de grands yeux.) C'est un peu bizarre...

— Tu sais, lui ai-je expliqué, Fabio il vit dans le pays de la bêtise, et dans ce pays tout le monde est « bizarre », comme tu dis. Mais méfie-toi vraiment de lui, on ne sait jamais ce qu'il peut inventer. Il est capable d'être très méchant.

— Ce qui lui ferait du bien, a ajouté Étienne, c'est qu'un jour ses parents déménagent dans un autre pays et qu'il se retrouve étranger à son tour. Imaginez la scène : il arrive dans sa nouvelle école et là, il y a un « Fabio » qui se met à l'insulter... Le pied !

— Un combat de Fabios, quelle horreur ! s'est écriée Shahina, en faisant une grimace de dégoût qui nous a tous fait rire.

Voilà, mon cher carnet. Nous nous sommes amusés à imaginer à quoi pourrait ressembler un Fabio pire que Fabio. Et surtout, nous avons essayé de faire sourire Sakura.

C'est triste n'est-ce pas ? Fukushima, c'était méchant. Beaucoup de Japonais sont morts à Fukushima lors du gros tremblement de terre et du tsunami. On ne peut pas rire avec ce sujet-là.

Avec Fukushima, Fabio avait franchi la ligne rouge. Sakura commençait à souffrir de ses attaques incessantes. Heureusement, elle pouvait compter sur notre bande pour la soutenir.

Mais rassure-toi, peu de temps après ce jour-là, il y a eu notre première séance de piscine et là... comment dire... *BANZAÏ !*

Sayonara, ja mata !

Chapitre 5
Confidences

Cher carnet,
Il faut que je t'explique quelque chose.
L'école c'est comme la jungle. C'est un territoire assez dangereux, où nos parents nous déposent chaque matin, en nous recommandant d'être sages et de bien travailler. Ils ne se rendent pas compte que nous y vivons des épreuves terribles.
Car dans cette jungle cohabitent les fauves et les proies, les carnivores et les herbivores, les loups et les agneaux.

Il y a plein d'animaux différents : des gazelles qui jouent autour des points d'eau, des éléphants qui se promènent en troupe, des tigres, des lions, des zèbres, des girafes au long cou, des singes agiles, des crocodiles.

Tout est calme et soudain…

Le lion attaque. Le tigre bondit. Le buffle charge. L'hippopotame fait surface. Le puma s'élance. La gazelle s'enfuit. Le crocodile surgit. Les oiseaux s'envolent.

C'est la guerre.

Et la loi de la jungle est simple, les plus forts dévorent toujours les plus faibles, sauf si :

— Les plus faibles s'unissent ;
— Les plus faibles se rendent compte qu'ils ne sont pas faibles ;
— Les plus faibles utilisent la ruse.

Prenons le cas d'un animal dangereux, qui rôde dans ma jungle : le *fabio*.

Il est tout à la fois le tigre qui plante ses griffes dans la chair de sa proie, le crocodile qui surgit du fond de la rivière la gueule ouverte, l'hyène qui ricane, et, dont le rire sadique ne fait rire personne.

C'est une *hyècrocotigre*.

Et la pauvre Sakura est sa gazelle du moment.

Elle lui a semblé une proie facile, une nouvelle venue un peu perdue dans une jungle inconnue. Mais il s'est complètement trompé.

Sakura est une *japosamoufille*.

Le pauvre *fabio* – qui n'avait encore jamais croisé une telle créature – ne s'est pas méfié. Erreur fatale, gros nigaud ! Car quand elle est fâchée, très fâchée, très très fâchée, la *japosamoufille* riposte.

Et elle affronte sans peur l'*hyècrocotigre*.

Moi, je suis heureuse qu'une *japosamoufille* soit arrivée dans ma jungle.

Elle m'a transformée en *tomodachijo*. Et j'en suis fière !

On pourrait écrire une jolie fable sur la rencontre du *tomodachijo* et de la *japosamoufille*, qu'en penses-tu ?

Bon, revenons à notre histoire, tu es prêt ?

Chapitre 6
La piscine

Cher carnet,
C'est arrivé, la goutte d'eau qui a fait déborder le vase, ou plus exactement la piscine. Je te raconte...
Début février nous avons commencé nos séances de natation. Le premier mardi, Sakura a enfilé un maillot une pièce rouge et blanc, comme le drapeau japonais, et un bonnet de bain brodé de fleurs de toutes les couleurs. Puis elle a pris sa serviette, ses lunettes de compétition et est sortie du vestiaire pour rejoindre les autres. Sakura a toujours une tenue parfaitement adaptée aux circonstances, elle est beaucoup plus élégante que nous.
— Wow les mecs, regardez l'apparition, a sifflé Fabio. On dirait un sexy sushi !

Sakura s'est arrêtée net, pétrifiée. Je marchais derrière elle, je me suis cognée contre son dos.

Elle a pivoté vers moi. Ses yeux lançaient des éclairs.

— Est-ce que j'ai bien entendu ? m'a-t-elle demandé, d'une voix étranglée. Il a dit *SEXY* ?

— Oui, ai-je répondu, surprise par sa réaction.

— Mais il n'a pas le droit de dire que je suis sexy ! C'est interdit ! C'est une insulte sexiste ! Les hommes n'ont pas le droit d'insulter les femmes !

Elle semblait très en colère, ses joues étaient aussi rouges que son maillot japonais. Devant nous, près du bassin, Fabio a gloussé comme un dindon. Il avait l'air complètement stupide avec son maillot de bain bleu trop serré et ses cheveux mouillés, plaqués sur son front, qui ruisselaient sur son nez.

— Sexy sushi, sexy sushi... a-t-il répété bêtement en ricanant.

— *Dame da yo*[1] !

Sakura s'est élancée vers lui, aussi rapide qu'une flèche tirée d'un arc, et s'est arrêtée à dix centimètres de son visage ; Fabio a reculé d'un pas.

1. « Non, c'est interdit ! »

— Je t'interdis de dire que je suis sexy. C'est bien clair ? Depuis que je suis arrivée en France, tu te moques de mon pays, le Japon. Et maintenant tu insultes les femmes. C'en est trop, Fabio ! Pour le Japon je n'ai rien dit car je suis nouvelle dans ton pays, je ne veux pas être source de problèmes. Mais pour les femmes c'est différent, je ne te laisserai pas faire. Alors, Fabio, excuse-toi. C'est ta dernière chance. Sinon je vais devoir me venger et laver mon honneur dans tes larmes et ton sang.

Fabio a hésité. Quand je repasse dans ma tête le film de ces quelques secondes, je me rends compte qu'il a hésité. Il a regardé à gauche, à droite, a cherché le conseil d'un de ses fidèles lieutenants, mais ils dévisageaient tous Sakura, subjugués et stupéfaits. Fabio a cherché une idée dans sa tête, mais là, bien sûr, silence radio, vide sidéral.

Alors il a pris une décision au hasard et est tombé sur la mauvaise.

— Sexy sushi, sexy sushi, sexy sushi ! a-t-il repris en improvisant une danse ridicule des coudes et des fesses.

Il était aussi gracieux qu'un cochon en tutu rose dans une mare de boue.

Sakura a blêmi, les ailes de son nez ont délicatement frémi, comme les narines d'un petit dragon, ses yeux en amande se sont encore plus fendus, ses pupilles foncées sont devenues noires. Elle a pris une grande inspiration, a redressé son dos, baissé ses épaules et fait craquer ses doigts, sans quitter Fabio des yeux.

On s'attendait à ce qu'elle lui fasse une prise de judo, façon ninja, mais elle a simplement souri. Puis elle lui a dit :

— Très bien, tu l'auras voulu. Entre toi et moi, la guerre est déclarée. *Camembert qui pue.*

Fabio est devenu tout rouge, a serré les mâchoires et les poings.

— Retire ça tout de suite, sinon...

— Sinon quoi ? lui a-t-elle demandé d'un air moqueur. Tu ne me fais pas peur, *gros plein de soupe !* Moi aussi je peux te trouver des surnoms ridicules, c'est facile ! *Monsieur cuisses de grenouille. Tête d'escargot à l'ail. Cervelle de moineau...*

Il a tendu le bras vers elle. Pendant un millième de seconde j'ai cru qu'il allait la frapper ou agripper son maillot de bain, alors, sans réfléchir, j'ai lancé mes deux mains vers Fabio et je l'ai poussé dans la piscine.

Il a été déséquilibré, a essayé de se rattraper en faisant des moulinets avec ses bras, et, au moment où il basculait vers l'arrière, sa main s'est refermée sur mon poignet. La tuile ! J'ai vu son regard étonné s'accrocher au mien, je me suis sentie attirée vers l'avant, j'ai senti des cris et des mains qui essayaient de me retenir sur le bord, mais Fabio m'a entraînée dans sa chute. J'ai basculé avec lui dans l'eau. Il s'est écrasé en arrière sur les fesses, et j'ai réussi à l'éviter en plongeant à gauche. Il s'en est fallu de peu que je ne tombe dans ses bras, la honte !

Il y a eu un gros plouf, beaucoup d'éclaboussures et des vagues. Quand je suis remontée à la surface, Fabio, furieux, battait des bras et hurlait sa colère. J'ai crié plus fort que lui :

— Alerte au tsunami !

Sur le bord du bassin, tout le monde a éclaté de rire, même Jules, Youri et Gabin. Pour la première fois, je me suis demandé dans quel camp ils étaient vraiment, ces trois-là. Peut-être qu'eux aussi commençaient à se lasser des insultes de leur copain.

Des dizaines de mains se sont tendues pour m'aider à remonter : j'ai vu celles d'Étienne, de Frédrick et même celles de Jules.

Sakura, quant à elle, me regardait, debout au

bord du bassin, et dans son regard noir brillait une flamme joyeuse et victorieuse. Je lui ai souri, elle m'a souri, elle a levé son pouce en l'air et m'a fait un clin d'œil.

Étienne et Frédrick m'ont hissée sur le bord, et Sakura a posé sa jolie serviette sur mes épaules.

— Merci, Joséphine, d'avoir pris ma défense.

— De rien Sakura, c'était très agréable !

Le maître nageur est arrivé au bord de l'eau, a sifflé pour rétablir l'ordre, a demandé à tout le monde de reculer. Il a sorti Fabio de la piscine et l'a puni de s'être jeté à l'eau avant le début du cours.

— Mais, m'sieur, a-t-il essayé de protester en me désignant du doigt, c'est elle qui...

— Tais-toi ! Tu es privé de natation. Prends ta serviette et va t'asseoir dans les gradins. Et toi, Jo, que t'est-il arrivé ? m'a-t-il demandé en se tournant vers moi. Ce n'est pas ton genre de te faire remarquer ainsi. C'est Fabio qui t'a poussée ?

— Non monsieur, j'ai glissé.

Le maître nageur a souri.

— *Glissé*, bien sûr... Est-ce que tu me prends pour un imbécile, Jo ?

— Oh non, monsieur !

— Alors, as-tu une autre explication à me fournir ?

Il a attendu quelques secondes. J'ai fait non de la tête. Je commençais à sentir un fou rire monter dans mon ventre.

— Non monsieur, j'ai glissé. C'est bête.
— Donc, *tu as glissé, c'est bête...* a-t-il répété en souriant toujours. Eh bien, va donc rejoindre Fabio dans les gradins. Et essaye de ne pas « glisser » en chemin.

J'étais punie, mais c'était le cadet de mes soucis. J'avais le cœur aussi léger et joyeux qu'un papillon un jour d'été.

Fabio m'a jeté un regard noir de colère quand je suis passée près de lui.

— Tu me le paieras, Jo...
— Ah oui ? ai-je répondu, ironique. Et tu vas faire quoi ? Être encore plus méchant ? Je te connais depuis longtemps, Fabio, tu ne me fais plus peur, tu me fais même pitié tellement tu es ridicule ; alors, s'il te plaît, oublie-moi, oublie Sakura, fiche-nous la paix, ça nous fera des vacances. On vit très bien sans toi. Regarde-toi, tu es un vrai boulet. Moche et méchant, c'est toi ! Sakura est une fille géniale, tu ne mérites même pas qu'elle t'adresse la parole. Tu ne lui arrives pas à la cheville.

C'était une grande phrase. Mais je me sentais des ailes. Des ailes de super-héros.
Jo super-héros, ça sonne plutôt bien, non ?

Au bord de la piscine, Sakura me regardait toujours.
Et si le regard noir de Fabio ruisselait de colère et de rage, son regard noir à elle débordait de fierté et de reconnaissance.

Chapitre 7
La guerre

Dans le vestiaire, nous avons pris tout notre temps pour sécher nos cheveux et remettre nos vêtements. Après tous ces événements, nous avions besoin de faire le point.

— Jo, tu as été géniale ! m'ont félicitée les filles. Quel splash magnifique ! On aurait dit la petite sirène !

— Merci Joséphine, m'a remerciée Sakura. Du fond du cœur, merci, tu as été fantastique. Et si courageuse...

— *Camembert qui pue*, c'était drôle ! s'est réjouie Shahina. Vous avez vu sa tête, les filles ? Et les *cuisses de grenouille, tête d'escargot*, à pleurer de rire.

— Tu lui as déclaré la guerre, que vas-tu faire ? a demandé Rozenn. Il ne te fait pas peur ?

— Non, il est plus bête que méchant, vous ne croyez pas ? a répondu Sakura. Et puis, il faut savoir se défendre dans la vie. Moi, je n'ai pas l'intention de me laisser insulter éternellement par un garçon qui ne respecte pas les femmes. Fabio c'est un petit macho !

— Un quoi ? a demandé Cécile, surprise.

— Un macho. Un homme qui se croit supérieur aux filles, qui ne les respecte pas, et qui leur parle comme si elles étaient soit des poupées, soit des idiotes. Qu'on soit japonaise, française, indienne, chinoise, marocaine, algérienne, ou même martienne, il y aura toujours des garçons, ou des hommes, qui essayeront de se moquer de nous, ou de nous manquer de respect parce que nous sommes des femmes. On ne doit pas se laisser faire. Il faut qu'on se défende ! Fabio nous traite comme si nous étions ses « inférieures ». Est-ce que l'une d'entre vous se croit inférieure à Fabio ?

— Ah non ! Sûrement pas ! nous sommes-nous écriées, horrifiées.

— Alors, est-ce que vous êtes toutes d'accord pour combattre Fabio ? a demandé Sakura.

— Bien sûr ! me suis-je exclamée, enthousiaste. Tu peux compter sur nous à cent pour cent.

— Fabio, il nous casse les pieds depuis longtemps, tu sais, a soupiré Cécile. Il nous pourrit la vie.

— Alors pourquoi vous le laissez faire ? a demandé Sakura.

— Parce qu'il nous fait un peu peur, a répondu Shahina. Il est méchant et agressif. Et il est fort.

— Ce n'est pas une raison pour le laisser continuer. Il mérite une bonne leçon, qu'en pensez-vous ?

— On a manqué de courage, a grincé Rozenn. On aurait pu réagir avant.

— Il n'avait encore jamais traité quelqu'un de sexy ! ai-je ajouté.

— Non, mais il a une façon de nous regarder qui me gêne, a dit Shahina, rougissante.

Elle a désigné discrètement sa poitrine naissante. Elle n'a pas eu besoin d'en dire plus, on savait toutes pourquoi elle n'aimait pas se montrer en maillot de bain.

— Les filles, nous allons *régler* le cas Fabio, nous a annoncé Sakura, déterminée.

— *Régler* ? Tu veux dire qu'on va l'éliminer, comme dans les films ? a demandé Inès en sursautant. Le tuer ?

— Oui, bien sûr, a répondu Sakura avec une petite lueur dans le regard. En France on a bien le droit de tuer ses ennemis, non ?

— Non ! me suis-je écriée, effrayée.

— Dommage, a-t-elle soupiré. Au Japon, on les kidnappe, on les assomme, on les attache dans une cave, et on les torture avant de les couper en rondelles.

Nous l'avons regardée avec effroi. Comment une fille aussi intelligente pouvait-elle torturer et tuer ses ennemis ?

Elle a éclaté de rire.

— Vous verriez vos têtes, les filles, vous êtes vertes ! Je blaguais, on ne tue personne de cette façon au Japon ! Ça ne va pas, non ? On ne va pas l'assassiner quand même !

— Ah, bon...

Inès semblait un peu déçue.

— Nous allons lui donner une bonne leçon, faire d'une pierre deux coups, lui apprendre à respecter le Japon et les filles. Et qui sait, peut-être changera-t-il. J'ai plus d'un tour dans mon sac.

— Tu as un plan ?

Un sourire mystérieux est apparu sur son visage.

— Oui. Mais surtout, j'ai une arme fatale : je vais faire appel au pouvoir de mes ancêtres.

À la sortie des vestiaires, les garçons nous attendaient. Ils avaient quelque chose à nous proposer.

— On a pensé qu'il vous fallait des gardes du corps, nous a annoncé Frédrick. *Le Roquefort qui schlingue* risque de vouloir se venger de Jo et de toi.

— Moi, je m'occupe de toi, Jo, m'a déclaré Étienne, on est voisins, on joue au foot ensemble, c'est plus simple. Et au fait, bravo pour ton plongeon, c'était géant !

— Merci.

J'ai rougi.

— Et Frédrick et moi, on s'occupe de toi, Sakura, a déclaré Joachim. Tu as besoin d'une double protection. Tu peux compter sur nous !

— Merci, *domo arigato gozaimasu*. Merci !

Elle a rosi.

Au foot le soir, en dribblant Fabio, je lui ai glissé à l'oreille : « Attrape-moi si tu peux, *Camembert qui pue.* »

Il est resté scotché sur place. Et je suis partie en courant vers les buts.

Quand je suis rentrée aux vestiaires, mes vêtements avaient disparu. Inutile de chercher qui avait fait le coup. Je les ai retrouvés dans la poubelle, trempés. Je les ai glissés dans mon sac et je suis rentrée chez moi, avec Étienne, en tenue de foot, le cœur léger et les jambes un peu glacées.

Banzaï Sakura

Cher carnet, j'ai adoré cette journée : Sakura a traité Fabio de *Camembert qui pue* !
Et la guerre est déclarée. Enfin !

Chapitre 8
Sumimasen sensei

— *Sumimasen sensei !*

Mme Louis, surprise, a levé les yeux vers Sakura.

— Pardon, qu'as-tu dit ?

— Excusez-moi, madame Louis, ces mots m'ont échappé, je vous ai parlé en japonais. J'ai dit « *Sumimasen sensei* », ce qui signifie : « S'il vous plaît, professeur. »

La maîtresse a souri.

— Tu peux m'appeler *sensei* si tu veux, c'est très joli. Que voulais-tu me demander ?

— *Sensei* Louis, a repris Sakura, si vous me faites l'honneur d'accepter, je pourrais faire un exposé sur le Japon. Cela me donnerait l'occasion de faire connaître mon pays aux élèves de la classe.

— C'est une excellente idée ! Je suis d'accord. Tu t'es admirablement adaptée à nos coutumes, nous serions très heureux de pouvoir découvrir les tiennes.

— Merci, madame.

Sakura m'a jeté un regard discret et j'ai baissé la tête pour dissimuler un sourire. La première partie de notre plan d'attaque était en place.

Chapitre 9
L'exposé

Le jour de l'exposé, Sakura est arrivée à l'école avec d'énormes sacs remplis d'objets venus du Japon. Son papa l'a accompagnée jusqu'à la grille, et Joachim et Frédrick, fidèles gardes du corps, ont pris le relais dans la cour pour l'aider à porter ses affaires. Ils l'ont escortée jusqu'en classe. On aurait dit un transfert de fonds devant la banque de France, ou encore la venue d'une star de Hollywood à Saint-Tropez. Pendant qu'ils l'aidaient à installer tous ses objets, la maîtresse nous a fait ses dernières recommandations.

— C'est une chance pour nous d'avoir dans notre classe quelqu'un qui peut nous parler d'une culture que nous ne connaissons pas. Je vous demande donc d'être très attentifs.

Il y a eu un grand bruit mat. Sakura venait de poser sur le bureau un étui très long, au moins un mètre, et apparemment très lourd.

— Wow, mortel ! C'est un sabre de samouraï ? s'est écrié Étienne.

— Ou plutôt des baguettes géantes pour manger du riz ! a ricané Fabio.

« Ris, ris, mon cher Fabio, tu ne riras plus longtemps ! » me suis-je dit.

Sakura n'a pas répondu, elle s'est baissée, a ouvert un carton qu'elle avait apporté, en a sorti avec beaucoup de douceur une grande « chose » ovale et haute, dissimulée sous un tissu rouge.

— Qu'est-ce que c'est ? m'a demandé mon voisin.

— Je crois que c'est une tête coupée, lui ai-je répondu, en essayant de retenir mon fou rire.

Il a ouvert de grands yeux ronds et a tapé sur l'épaule de Jules, assis devant, pour lui répéter ce que je venais de dire. Jules l'a répété à Youri, Youri à Julien, Julien à Shahina…

L'information a vite circulé entre les rangs, s'est déformée, « il paraît que c'est une tête coupée pleine de sang, avec les yeux qui pendent, l'horreur quoi », et est arrivée jusqu'à Fabio, qui a froncé les sourcils – signe de réflexion intense – a

L'exposé

arrêté de se balancer sur sa chaise et a regardé, étonné, la « chose ». Notre plan fonctionnait à la perfection !

— C'est quoi ce truc ? a-t-il demandé à Sakura.

— Silence Fabio, est intervenue immédiatement Mme Louis, Sakura nous expliquera tout. Et, je t'avertis, si tu fais le zouave, je t'envoie directement dans la classe du directeur.

— Grumpf... a-t-il marmonné, sans quitter des yeux la « chose » ovale.

Jolie réponse de gorille grognon.

— Je suis prête, madame Louis.

— Très bien, tu peux commencer, nous t'écoutons.

Sakura a retiré son manteau, laissant ainsi apparaître son uniforme d'élève japonaise, jupe bleu marine, chaussettes blanches, veste à écusson, foulard rouge, chaussures noires vernies.

Nos murmures d'admiration l'ont entourée, « trop belle, oh lala, tu es trop belle », puis le silence s'est installé.

Alors avec le plus grand sérieux, elle s'est inclinée devant nous, exactement comme le premier jour.

— *Konichiwa, mon nom est Sakura Yamanakako. Je suis née au pays du Soleil levant. Dans ma langue, Japon se dit* Nihon, *et s'écrit ainsi...*

Elle a tracé à la craie sur le tableau le joli signe : 日本

Sa main dansait aussi gracieusement que les jambes d'une ballerine.

Un pays qui a le soleil dans son nom est forcément un grand pays, qu'en penses-tu, cher carnet ? « Je suis née au pays du Soleil levant », ressemblait aux premiers mots merveilleux d'une belle histoire, et moi, j'adore qu'on me raconte des histoires !

— *Le Japon est un pays d'Asie, un archipel, il compte 6 852 îles en tout. Il est situé dans l'océan Pacifique, sur « l'arc de feu ». Les quatre îles les plus grandes sont Honshū, Hokkaidō, Kyūshū et Shikoku.*

Les jolis mots me font toujours voyager. Je les écoute, et, immédiatement ils dessinent des images dans mon esprit. Alors, *pays du Soleil levant, 6 852 îles, l'océan, un arc de feu...* il n'en fallait pas plus pour que je m'envole en pensée vers le Japon. J'écoutais la voix de Sakura, je regardais tous les objets magnifiques qu'elle nous présentait et je gambadais dans mon imagination.

L'exposé

— *Kimono, pour les filles et les garçons... très élégant... chaussures de paille... Palais impérial à Tokyo, empereur, impératrice... la plus jeune s'appelle Amour... cerisiers en fleur, nature, saisons... école, uniforme, cartable tout le monde a le même, boîte à* bentō... *pas de cantine, chacun apporte son déjeuner à l'école... petites boîtes empilées, écriture différente de la vôtre,* kanji — *idéogrammes* — *et syllabaire... train très rapide Shinkansen, mont Fuji, bains chauds dans la montagne, dans la neige,* onsen, *origami...* neko *chat porte-bonheur, poupée kokeshi...*

Quant à moi, dans ma tête, je me promenais en kimono brodé, dans le parfum des cerisiers en fleur du Palais impérial, mon arc de feu accroché dans le dos, et, je posais mes chaussures en paille de riz sur la neige qui brillait sous les rayons du soleil levant.

— *Nous sommes actuellement dans l'ère Heisei, ère de l'Accomplissement de la paix. Ce qui signifie que notre pays vit dorénavant en paix. Ce qui est une grande chance pour tous les Japonais. Avant cela, il y a eu des guerres.*

Sakura a planté ses yeux dans ceux de Fabio.

— *Les Japonais n'ont jamais eu peur de se battre, de combattre leurs ennemis, pour défendre leur honneur.*

Plusieurs têtes se sont tournées vers Fabio ; le message lui était clairement adressé. Il a pâli. Il se voyait soudain sur le point de devoir lutter, à lui tout seul, contre l'armée japonaise tout entière.

— Peux-tu nous expliquer ce qu'est l'arc de feu du Pacifique ? a demandé la maîtresse, qui n'avait rien vu de l'échange de regards entre Sakura et Fabio. Je pense que cela intéressera tout le monde.

— *Oui*, sensei. *L'arc de feu fait tout le tour de l'océan Pacifique. C'est un ensemble de volcans sous la mer. Et c'est à cause de ces volcans et des plaques tectoniques qui bougent qu'il y a souvent des tremblements de terre au Japon. Et parfois des tsunamis. Mais...* (Sakura s'est interrompue et a eu un petit sourire énigmatique.) *Mais le Japon est une terre de légendes. Beaucoup de kami, de dieux, d'esprits habitent dans nos forêts, nos montagnes, nos campagnes. Et nous croyons aux forces surnaturelles...*

« *Voulez-vous que je vous raconte quelques-unes de nos légendes ?*

— Oui ! Oui !

Sakura a souri. Tout se déroulait exactement comme nous l'avions prévu. Notre piège allait se refermer sur Fabio.

L'exposé

— *Commençons par les tremblements de terre. Au Japon, on dit qu'un poisson-chat géant, immense, gigantesque, appelé le Namazu, est endormi sous notre pays. Il vit dans la vase au fond de la mer, dans les profondeurs de la Terre. Et quand il bouge, la terre tremble. Le dieu Kashima est le seul à pouvoir le maîtriser et il le bloque au sol avec son pieu. Mais parfois le Namazu essaye de s'échapper et il secoue tout autour de lui. Alors là-haut, la terre tremble.*

J'écoutais Sakura, j'étais bien ; dans la classe, le silence régnait en maître.

— *Une autre légende, celle d'Oni, l'ogre-démon. Chaque année, le 3 février, on fête Setsubun, on chasse l'hiver pour accueillir le printemps, ou plus exactement on chasse le démon Oni, qui représente le malheur et les problèmes, pour accueillir la chance.*

« *Quelqu'un enfile le masque du démon, et les autres lui jettent des haricots ou des graines de soja, en lui criant : "Oni wa soto, fuku wa uchi !" (Démon va-t-en, viens la chance !) C'est une façon de repousser les problèmes et les malheurs, la tristesse. On dit que lorsque les saisons changent, les mauvais esprits sortent pour jouer de mauvais tours aux humains. Alors on lance des haricots pour les éloigner. Voici un masque de démon.*

— Oh !

— *Et voici des graines...*

— On peut le faire, madame ? Chasser les problèmes, c'est bien, s'est écrié Frédrick.
— D'accord, a dit la maîtresse en souriant.
Sakura, qui n'attendait que cela, s'est dirigée vers Fabio.
—Tiens Fabio, tu veux bien enfiler le masque et jouer le rôle d'Oni ? Merci.
— Euh...
Il a hésité : refuser et perdre la face, ou, accepter et jouer les gros durs qui n'ont pas peur des masques de démons ?
— OK, donne le masque.
Il l'a enfilé et tout le monde a éclaté de rire. Nous avions devant nous un drôle de grand ogre-démon, en jean et baskets, avec une tête de dessin animé.

— S'il vous plaît, ne jetez pas les haricots, faites juste semblant, nous a demandé Mme Louis. Sinon, il y en aura partout.
Sakura s'est approchée de Fabio.
— Il faut faire ainsi...
Elle a pris un air très sérieux et a jeté sa main ouverte et vide vers lui. On aurait dit qu'elle lui jetait un sort.
— *Oni wa soto, fuku wa uchi !* lui a-t-elle crié.
Cela valait bien le *banzaï* du premier jour !

Elle a recommencé et nous l'avons tous imitée avec joie. À travers le masque on voyait les yeux ronds de Fabio, un peu effrayé. Chasser le malheur c'est super, mais quand par la même occasion on peut se moquer de Fabio et le traiter de démon devant la maîtresse, c'est merveilleux.

Fabio a rapidement enlevé son masque et arrêté de jouer.

— Euh, ça le fait pas, m'dame, ils se moquent tous de moi...

Mme Louis a ri.

— Merci Fabio, dans le rôle du démon tu es parfait ! Mais ça, on le savait déjà, n'est-ce pas ? Regagnez vos places, on continue. Sakura, à toi...

— *Il y a deux fêtes qui sont importantes pour les enfants, la fête des Filles et celle des Garçons. Le 31 mars, c'est* Hinamatsuri, *la fête des Filles. On leur souhaite de grandir en bonne santé. Elles portent leur plus beau kimono, elles disposent leurs jolies poupées, qu'elles ont héritées de leur mère et de leur grand-mère, sur une petite estrade. À l'étage le plus élevé sont placés l'empereur et l'impératrice. Le reste de l'année ces poupées, qui représentent des personnages de la cour impériale, sont soigneusement rangées dans des boîtes. Pour nous, elles sont un peu « sacrées ».*

— *Et ensuite, c'est la fête des Garçons,* Kodomo no hi, *le 5 mai.*

Cher carnet, à cet instant, je me suis comportée comme la reine des courges. Je n'en suis pas fière. J'aurais dû tourner sept fois ma langue dans ma bouche avant de parler, mais je ne l'ai pas fait, et je me suis ridiculisée. Ce qui n'était pas prévu dans notre plan, bien sûr !

— Oh, mais le 5 mai, c'est le jour de mon anniversaire, me suis-je écriée, surprise.

À peine avais-je prononcé ces mots que j'ai su que j'avais fait une erreur. Fabio ne m'a pas ratée, il a éclaté de rire et m'a lancé :

— Eh ben, Jo, c'est pour ça que t'es un garçon manqué, alors !

Dans la seconde, je suis devenue rouge pivoine. J'aurais voulu disparaître et me cacher dans un trou de souris. Puis tout s'est passé très vite, la maîtresse a commencé à parler, moi aussi, les garçons se sont tournés vers Fabio, j'ai vu que toute la classe allait voler à mon secours, mais Sakura a été la plus rapide.

— Jo n'est pas un garçon manqué, Fabio, *c'est une fille réussie.* C'est mon amie, je t'interdis de te moquer d'elle.

Sa phrase avait claqué comme une gifle. Elle a ramassé une poignée de haricots sur la table et les lui a jetés à la figure.

— *Oni wa soto !*

La classe entière a éclaté de rire et a applaudi. Ça m'a fait chaud au cœur que tous les élèves prennent ainsi ma défense. Parce que je peux te l'avouer à toi, cher carnet, j'en ai plus que marre qu'on me traite de garçon manqué. C'est pénible à la longue de ne pas ressembler aux autres. Fin des confidences. Mme Louis a rétabli l'ordre en rugissant comme un lion.

— Madame... a pleurniché Fabio, elle m'a jeté des haricots à la figure, ça se fait pas.

— Tais-toi, Fabio, tais-toi. Tu m'exaspères ! Et présente immédiatement tes excuses à Joséphine.

— Je n'en veux pas, maîtresse, ai-je répondu. Je préfère que Sakura poursuive son exposé, c'est bien plus intéressant que les excuses de Fabio.

La maîtresse m'a regardée, étonnée, Fabio aussi, et Sakura m'a souri.

— *Pour la fête des Garçons, on accroche des cerfs-volants en forme de carpes dans les rues et on leur offre des images de samouraïs. Afin qu'ils restent en bonne santé et que grandissent en eux le courage, la force et l'honneur de ces glorieux guerriers.*

« *Et, en juillet, c'est la fête de Bon en l'honneur de nos ancêtres. Je respecte infiniment les miens. Il faut que je vous parle un peu de mes ancêtres, si vous le voulez bien...*

Alors, dans un geste lent et théâtral, elle a posé ses deux mains sur l'étui allongé posé devant elle, et elle a commencé à l'ouvrir lentement. Nous retenions notre souffle.

C'est alors que la sonnerie de la récréation a retenti.

Chapitre 10
Le clan Yamanakako

Nos cris de protestation ont couvert le bruit de la sonnerie. On a supplié la maîtresse de bien vouloir nous garder en classe, mais elle nous a obligés à aller prendre l'air.

Que cette récré nous a semblé longue ! Sakura est restée surveiller ses objets, ce qui lui a évité de devoir répondre à toutes les questions concernant la mystérieuse boîte. À la première note de la sonnerie de fin de récré, nous sommes remontés en courant, sous les reproches de Mme Louis qui nous rappelait qu'il est interdit de courir dans les escaliers.

Nous avons repris nos places, essoufflés et impatients, et Sakura a repris son exposé.

— *J'ai deux trésors à vous montrer,* nous a-t-elle

annoncé en désignant les deux objets mystérieux posés sur le bureau, le long dans sa boîte, et le rond sous son tissu. *Mais il faut d'abord que je vous parle de mes ancêtres. (Silence.) J'appartiens au clan Yamanakako, des seigneurs des montagnes du centre du Japon. (Silence.) Notre château se situait près du territoire des terres sacrées du mont Fuji. Notre clan a été très puissant pendant plusieurs siècles. Nombre de mes ancêtres ont été samouraïs et ont combattu aux côtés de leur empereur.*

Stupéfaction dans les rangs. Nous étions quelques-uns à savoir que tout cela était vrai, et que la jeune fille japonaise qui se tenait devant nous, et qui semblait si inoffensive, était en réalité une arrière-arrière-petite-fille de samouraï. Nous savions donc que Fabio, le gros nigaud, s'était attaqué à beaucoup plus fort que lui ! Souviens-toi, cher carnet, de la fable de l'*hyècrocotigre* et de la *japosamoufille* !

— *Mon père est un descendant de ce clan. Ma famille a hérité du sabre-katana de nos ancêtres samouraïs. C'est un sabre si affûté qu'il peut trancher les os et les pierres aussi facilement que s'il s'agissait de feuilles de papier.*

Alors, Sakura a ouvert l'étui. Elle en a sorti un objet long, enveloppé dans une housse de velours noir. Elle l'a dénouée, et un sabre magnifique est apparu. Sa lame courbe a scintillé entre ses mains.

La maîtresse a sursauté.

— Sakura ! Tu as apporté une arme à l'école !

Panique à bord ! Les lunettes de Mme Louis ont fait un saut périlleux sur son nez et ses boucles d'oreilles ont tremblé. Elle imaginait déjà tous les problèmes qui allaient s'abattre sur nous : elle voyait débarquer l'armée, la police, la gendarmerie, les pompiers, le Samu, et peut-être même les fantômes des samouraïs Yamanakako venus récupérer leur sabre.

— Non madame, s'est écriée Sakura, confuse, c'est juste une copie. Elle n'est pas dangereuse. C'est un sabre en résine. L'original se trouve dans un musée à Tokyo. Il ne sort jamais du Japon, c'est un trésor national, un chef-d'œuvre unique, une pièce d'une grande valeur.

— Ouf, a soufflé Mme Louis en s'asseyant, émue. Tu m'as fait une de ces peurs !

— Je suis désolée, madame...

Sakura semblait terriblement confuse. Mécontenter une *sensei*, ce n'était pas dans ses habitudes !

— Ce n'est pas grave. Ce n'est pas grave. Quelle émotion ! Ouf !

La maîtresse a attrapé un livre de lecture et s'en est servi comme d'un éventail, qu'elle agitait frénétiquement pour refroidir un peu son visage qui avait pris la couleur du drapeau japonais : rouge.

— Ouf ! ça va mieux, a-t-elle soupiré en souriant. Tu peux continuer ton exposé, Sakura, ouf !

— Bien, *sensei. Ce sabre est la réplique de celui de mes ancêtres. Je vais vous montrer comment on s'en sert. Mais d'abord, je dois m'habiller pour lui faire honneur...*

Elle a enfilé le kimono magnifique qu'elle avait posé sur le bureau, l'a noué autour de sa taille avec une ceinture de tissu brodée, a attaché ses cheveux en chignon, et a saisi le sabre à deux mains. Des deux côtés de son corps les longues manches de son kimono ondulaient, légères comme des ailes de libellule. Elle a tendu les bras, a allongé le sabre horizontalement devant elle et, soudain, à la vitesse de l'éclair, elle a pourfendu l'air si vite que le vent en a tremblé et sifflé de stupeur à nos oreilles.

Des cris d'admiration ont jailli.

— *Mon ancêtre la plus remarquable,* a poursuivi Sakura, *était une femme samouraï. Ce sabre magnifique était le sien. Elle s'appelait Miyuki-sama, mais elle est restée célèbre sous son nom de samouraï, Kaze-hime : la Princesse du vent.*

— Mais ça n'existe pas, les femmes samouraïs ! a lourdement protesté Fabio.

Sakura lui a jeté un regard courroucé.

— *Bien sûr que si ! Mon ancêtre était l'une d'elles. Elle possédait deux armes : un arc et un sabre. L'arc s'est perdu dans les siècles, mais ma famille se transmet son sabre de génération en génération. Mon ancêtre était connue pour son courage et sa rapidité. Elle se déplaçait si vite sur son cheval que les gens l'ont surnommée « la Princesse du vent ». Les récits de ses exploits se répandaient à travers le pays, et, petit à petit des guerriers de tout l'Empire sont venus rejoindre son armée pour combattre avec elle. C'étaient les plus courageux, les plus forts, les plus valeureux des guerriers. Cette armée incroyable remportait toutes ses batailles et faisait preuve d'un courage inégalé. On lui donna différents noms : l'Armée légendaire, l'Armée immortelle, l'Armée du vent. Kaze-hime combattit pendant de nombreuses années à la tête de l'Armée du vent, jusqu'au jour où....* (Elle s'interrompit et nous regarda gravement.) *Comme tous les héros, elle connut une fin tragique. Un matin de printemps, elle perdit un combat face à un seigneur ennemi et fut faite prisonnière. Ce dernier lui laissa le choix : se rendre ou mourir.*

— Et ? demanda Fabio.

— *Elle choisit la mort et se tua sous ses yeux avec sa dague. Les cerisiers étaient en fleur. Elle ferma les yeux sur l'image parfaite des* sakura *éclos.*

Silence dans la classe.

— *C'est une mort digne d'une samouraï.*

Silence encore plus profond.

— *Au Japon, beaucoup pensent que l'Armée du vent existe encore aujourd'hui, et qu'elle veille sur notre pays. Certains disent, d'ailleurs, que c'est cette armée qui a inspiré le créateur des Pokémon légendaires. Elle serait prête à combattre si la nouvelle Princesse du vent les appelait.*

— Et qui est la nouvelle Princesse du vent ? ai-je demandé, savourant par avance la réponse.

— *L'héritière du sabre de Kaze-hime.*

— Et qui est-ce ? ai-je insisté.

— *Moi.*

La stupeur nous a tous cloués sur place. Enfin, tous sauf moi, puisque Sakura m'avait déjà confié ce secret. Même Mme Louis dévisageait Sakura comme si elle la voyait pour la première fois de sa vie.

— *Je suis l'aînée de ma génération, j'ai donc reçu les pouvoirs du sabre. C'est un immense honneur.*

La maîtresse s'est ressaisie.

— C'est une belle légende, Sakura. Tu es vraiment descendante d'un clan de samouraïs ?
— Oui, *sensei*.
— Cette merveilleuse Kaze-hime a vraiment existé ?
— Oui, *sensei*.
— Quelle belle histoire ! a soupiré Mme Louis. Quelle chance tu as !
— *Et, en tant que descendante de la Princesse du vent, j'ai également hérité de son armée légendaire,* a ajouté Sakura.
— Comme c'est romantique ! a soupiré Mme Louis.
— Trop cool, s'est exclamé Joachim, bien vite imité par tous les autres. La classe !
— N'importe quoi, pffff ! a grogné Fabio.
Sakura s'est gracieusement tournée vers lui, son kimono ondulant autour d'elle.
— Tu ne me crois pas ?
Elle a souri.
— Tu as tort, Fabio, et tu en auras bientôt la preuve. J'ai demandé à un guerrier de l'Armée du vent de venir jusqu'ici. Il est déjà en route.
— C'est ça oui ! Et tu as fait comment ? a ricané Fabio, qui semblait quand même avoir déjà perdu un peu de son assurance. Tu lui as téléphoné ? *Non, mais allô quoi, t'es guerrier légendaire et t'as pas le téléphone ? Allô, quoi !*

Sa blague stupide n'a fait rire personne. Surtout pas Sakura.

— Non Fabio, j'ai envoyé un vœu.
— Ah ouais, et comment ? Par la Poste ?
— Non, comme ça.

Elle a posé ses deux mains sur la « chose » ovale et a fait glisser le tissu rouge. Alors, sous nos yeux stupéfaits, est apparue une monstrueuse tête rouge et blanc, avec des moustaches noires et deux yeux ronds : l'un était foncé, et, l'autre blanc et vide. J'avais beau l'avoir déjà vue chez Sakura, je la trouvais toujours aussi terrifiante.

Il y a eu des cris, des *oh*, des *ah*, des *wahou*, des *Oh purée*, un vent de panique a traversé la classe. Même Mme Louis regardait la « chose » avec un mélange de surprise et d'effroi. Sapristi, jamais exposé n'avait été aussi passionnant !

— N'ayez pas peur, les enfants, ce ne sont que des superstitions. ! N'ayez pas peur, les enfants ! Qu'est-ce que c'est, Sakura ? C'est dangereux ?
— Non, c'est un *Daruma*.
— Un quoi ?
— Un *Daruma*, a répété Sakura. C'est une figurine qu'on utilise pour transmettre les vœux.

Fabio, les yeux écarquillés, contemplait le

Daruma, un peu inquiet. Je crois qu'il avait déjà compris que cette tête rouge à l'œil blanc allait lui causer bien des problèmes.

— Et comment envoie-t-on un vœu ? a demandé la maîtresse.

— *Il faut confier le vœu au Daruma, lui demander de le réaliser, puis colorier son œil. Ensuite il faut attendre. Et quand le vœu est exaucé, on colorie l'autre œil du Daruma, pour le remercier et lui dire que la mission est terminée.*

— Et ça marche vraiment ? ai-je demandé.

— *C'est comme une prière. Tous les Japonais utilisent des Daruma depuis des siècles pour envoyer leurs vœux.*

— Et quel vœu as-tu fait, Sakura ?

— *C'est un secret,* sensei, *je peux juste vous dire qu'il est destiné à Rikishi, le maître de la force. C'est le plus grand, le plus fort des guerriers légendaires.* J'ai besoin de lui pour m'aider à régler un petit problème.

— Tu as un problème, Sakura ? s'est inquiétée la maîtresse.

— Oui madame, mais cela va vite s'arranger, je m'en occupe et Rikishi va m'aider. *Sensei*, je vous remercie, ma présentation est terminée.

Elle s'est inclinée devant nous, ses deux mains jointes posées à plat sur ses genoux.

Un tonnerre d'applaudissements a retenti. Franchement, cet exposé était génialissime. La maîtresse a chaudement félicité Sakura, qui a rangé ses affaires.

— *Sensei*, est-ce que vous accepteriez que je laisse mon Daruma dans la classe jusqu'à ce que mon vœu soit exaucé ?

— Bien sûr, pose-le sur la tablette à côté du tableau.

Sakura a regardé Fabio en souriant.

Nous étions maintenant vingt-sept élèves dans la classe, une maîtresse, et un Daruma.

Qui fixait Fabio de son œil peint. Et il ne semblait pas content du tout !

Chapitre 11
Guerrier légendaire

Cher carnet,

Le Daruma est resté posé pendant plusieurs semaines à côté du tableau. Il ne quittait pas Fabio des yeux et l'observait obstinément de son unique œil colorié.

— Est-ce que ton vœu s'est réalisé ? se renseignait chaque matin la maîtresse, qui, depuis l'exposé, s'était prise d'une véritable passion pour le Japon, la Princesse du vent, le sabre de Kaze-hime, les samouraïs en général et l'armée légendaire en particulier.

Et, invariablement, Sakura lui répondait :

— Non, pas encore *sensei*. Il s'agit d'un vœu puissant, le Daruma a besoin de temps pour l'exaucer. Mais j'ai confiance en lui.

Le mystère du vœu s'épaississait donc de jour en jour.

Et plus il s'épaississait, plus Fabio se ratatinait. Lui qui n'avait jamais eu peur ni de Mme Louis, ni d'aucun d'entre nous, il se recroquevillait sous le regard noir du Daruma. Il était convaincu que la grosse figurine rouge était habitée par un mauvais génie, et qu'à tout moment un sort pouvait jaillir de la tête en bois pour s'abattre sur sa pauvre tête à lui.

C'est probablement parce qu'il savait au fond de lui qu'il avait été odieux avec Sakura depuis son arrivée. Et que cela devrait bien se payer un jour.

Fabio ne savait pas de quel côté le danger allait venir, ni même si cette histoire de vœu était un mensonge ou une vérité, mais dans le doute, il se tenait à distance de Sakura et ne l'insultait plus. Je n'avais jamais vu Fabio aussi inquiet, et pourtant il ne s'était encore rien passé.

Cela a duré exactement vingt-huit jours. Jusqu'à ce jeudi de fin avril, après l'entraînement de foot.

Ce soir-là, le Guerrier est arrivé.

Étienne, Fabio et moi, nous venions de finir de

ranger les ballons et les plots rouges dans le placard extérieur du gymnase quand l'incroyable, l'inimaginable, l'impensable s'est produit. Nous nous dirigions vers les vestiaires lorsque, tout à coup, une grosse voix caverneuse a retenti dans l'obscurité derrière notre dos.

— *Où est Fabio ?*

Abasourdis, nous nous sommes retournés, lentement.

Il faisait sombre.

Une montagne de muscles se dressait devant nous. Et quand je dis montagne, cher carnet, je pense plutôt à l'Himalaya qu'au Massif central.

— *Où est Fabio ?*

J'ai écarquillé les yeux, ouvert la bouche, j'ai contracté mes doigts de pied très fort dans mes crampons et je me suis agrippée à mes semelles pour ne pas tomber. À côté de moi, Étienne avait les cheveux dressés raides comme des baguettes sur la tête, et, Fabio était blanc et figé comme le sommet enneigé du mont Fuji.

— *Konbanwa*[1], Je suis Rikishi. Où est Fabio ?

Le Guerrier, gigantesque, était presque nu. Il portait juste un long pagne de tissu blanc sur les

---

1 : « Bonsoir. »

fesses et autour de la taille. Ses cheveux noirs lissés étaient maintenus par un chignon, noué haut sur sa tête. Cela ressemblait à la coiffure des samouraïs. Une montagne de muscles, un géant comme dans les légendes ou les contes de fées, un ogre peut-être, qui se nourrissait d'enfants comme nous, qui était-il ? Jamais, jamais, jamais je n'avais vu quelqu'un d'aussi haut et d'aussi large. Ses pieds nus immenses s'étalaient devant les miens sur le sol. Il devait sûrement chausser du 55 ; avec mon petit 34, j'avais l'air d'une miniature.

— Es-tu la nouvelle Princesse du vent ? m'a demandé le Guerrier en me dévisageant.

— Non. (Ma voix tremblait un peu.) La Princesse du vent, c'est... Sakura Yamanakako, c'est mon amie. Moi je m'appelle Jo... Jo... Joséphine...

— *Konbanwa*, Joséphine-*chan*[1], sais-tu où je peux la trouver ?

— Oui. Euh, bien sûr, je... je peux vous... vous conduire jusqu'à elle si vous voulez.

— *Arigato*, mais je voudrais juste lui transmettre un message. Le peux-tu ?

— Oui, oui, euh... bien sûr, d'accord.

1 : Utilisé pour s'adresser à des jeunes filles ; *san* pour un adulte, *kun* pour un garçon.

— *Domo arigato*[1]. Dis-lui que je suis arrivé. Je suis venu aussi vite que j'ai pu, mais la route était longue, il y avait de grandes mers et de hautes montagnes à franchir pour venir jusqu'ici. Je suis désolé de n'avoir pu me présenter plus tôt.

— Je le lui dirai.

— *Domo arigato*. Dis-lui que je vais m'installer dans la forêt en attendant ses ordres. Et je suis prêt à combattre Fabio quand elle le veut.

— D'accord...

— *Domo arigato*.

Et il s'est incliné devant moi.

— Puis-je te poser une dernière question, Joséphine-chan ?

— Oui.

— Connais-tu Fabio ?

— Oui...

— Sais-tu où il se trouve ?

Du coin de l'œil j'ai vu Fabio sur le point de s'évanouir. Il me regardait et il y avait dans son regard quelque chose que je n'y avais jamais lu : de la peur. Cela m'a surprise.

— Euh, il n'est pas là, ai-je menti.

— Tant pis, j'ai le temps, je le trouverai. Je le reconnaîtrai facilement, il paraît qu'il insulte le

---

1 : « Merci. »

Japon, les Japonais, les filles, et la Princesse du vent. Alors je vais garder mes deux oreilles grandes ouvertes et dès qu'il proférera ses insultes, je l'entendrai et le trouverai. Mais quand même...

Le Guerrier s'est redressé de toute sa taille de géant, a regardé autour de lui en plissant les yeux, comme s'il essayait de voir dans l'obscurité qui nous entourait.

— C'est étrange. Mon instinct m'a pourtant guidé jusqu'ici. Comme si Fabio s'y trouvait... Étrange... je me suis trompé. C'est sûrement parce que je suis fatigué de mon long voyage.

Le Guerrier s'est incliné devant nous, a fait demi-tour et est parti au pas de course vers la forêt, faisant preuve d'une rapidité et d'une légèreté incroyables pour quelqu'un d'aussi lourd. Puis il s'est volatilisé sous nos yeux dans la nuit.

Quand je me suis retournée, Fabio avait disparu.

Je me suis rendu compte que je tremblais. De froid, de peur ? La nuit m'a soudain semblé noire et effrayante. Je n'avais jamais craint l'obscurité, ni cru que des monstres la peuplaient, mais depuis ce soir j'avais la preuve qu'un être légendaire rodait dans les bois. Brrrr....

— Vite, on rentre, m'a suppliée Étienne. Sakura avait beau nous avoir prévenus qu'il viendrait ce soir, j'ai quand même eu la peur de ma vie. Heureusement qu'on sait qu'il n'est pas méchant !

— Moi aussi il m'a fait peur, ai-je murmuré en regardant autour de moi pour m'assurer que rien n'approchait. Il est ultra-gigantesque et hypra-impressionnant.

Et j'ai ajouté :

— Pauvre Fabio...

Notre *hyècrocotigre* allait passer plus qu'un mauvais quart d'heure.

Mais on avait décidé de lui donner une bonne leçon, il fallait aller jusqu'au bout.

Chapitre 12
En classe

Le lendemain, Fabio m'attendait à la grille. Il avait des cernes sous les yeux et n'en menait pas large. Quand je suis arrivée, il s'est dirigé vers moi et m'a dit : « Merci pour hier. » Je lui ai répondu : « De rien. » Il m'a encore regardée, comme s'il voulait me dire quelque chose, et il est parti. Puis il est revenu sur ses pas.
— Tu as prévenu Sakura ?
— Oui.
— Qu'est-ce qu'elle a dit ?
— Elle a dit : *Banzaï* !
Fabio a blêmi et est parti s'asseoir, seul, dans un coin de la cour. Depuis que Sakura les avait *ensorcelés* avec son exposé, ses copains l'avaient laissé tomber comme une vieille chaussette moisie. Pauvre Fabio... Je n'aurais pas aimé être à sa place.

Cher carnet, cela fait deux fois en moins de deux pages que j'écris « pauvre Fabio », cela ne me ressemble pas !

Ce matin-là, à la question quotidienne de la maîtresse, Sakura a répondu :
— Oui madame, un petit peu.
— Vraiment ? Ton vœu est réalisé ? (Mme Louis semblait étonnée.) Raconte-nous ça !
— Mon vœu n'est pas encore réalisé, *sensei*, a précisé Sakura, mais Rikishi est arrivé.
— Ah bon, vraiment ? Et où est-il ? On peut le voir ?
— Non, je préfère que personne ne le voie, il est effrayant. Joséphine et Étienne peuvent vous en parler, ils l'ont rencontré hier soir.
Mme Louis s'est tournée vers nous, surprise.
—Vraiment ! Raconte, Joséphine.
— Madame, c'est un géant, me suis-je exclamée. Il mesure plus de deux mètres et doit peser au moins trois cents kilos. Mais il est très gentil. Il est venu nous voir au gymnase.
— Joséphine, enfin ! a protesté la maîtresse. Ne dis pas n'importe quoi ! Tu ne crois pas que tu exagères un peu ?
— Si madame, c'est vrai, a confirmé Étienne. Il est immense. Plus que ça encore. Il n'y a pas de

mots pour décrire quelqu'un d'aussi grand. Avec des muscles comme les statues des dieux grecs. Et aussi il était tout nu...

Évidemment, tout le monde a éclaté de rire. Mme Louis nous a regardés, mécontente.

— Enfin, pas complètement tout nu, a repris Étienne, gêné. Il portait une sorte de culotte blanche. Comme une couche.

Nouvel éclat de rire général.

— Et un chignon noir sur la tête.

L'hilarité atteignait son comble.

— Mais... mais... a bafouillé Mme Louis. Silence, silence, SILENCE ! Immense, presque nu, ceinture, chignon, muscles... Mais... c'est un Sumo !

Le mot a ralenti puis arrêté les rires, et, le silence s'est installé.

— Sumo, c'est quoi ? a hoqueté Jules entre deux fous rires.

— Jo et Étienne, vous voulez me faire croire que vous avez vu un Sumo au gymnase ? En tenue de combat ?

— Oui, madame.

— Bon, on va arrêter cette conversation, je ne sais pas à quel jeu vous jouez ! Eh bien figurez-vous que moi, ce matin, en venant à l'école, j'ai vu le père Noël en maillot de bain et il m'a donné un cadeau pour vous : une évaluation surprise de grammaire. Prenez une feuille !

Nous avons protesté tant et plus, mais rien n'y a fait, Mme Louis était terriblement vexée. Elle croyait que nous nous étions moqués d'elle.

Vois-tu, cher carnet, c'est souvent le problème avec les adultes.

Il y a toujours un moment où ils manquent d'imagination et ne réussissent pas à croire à nos histoires.

Pourtant celle-ci était vraie : Rikishi le Sumo était bien là, il n'attendait qu'un ordre de Sakura pour affronter Fabio.

J'espère que tu me crois, toi. Oui ? Non ? Oui ! Ouf !

Bien sûr que tu me crois, tu es un carnet japonais, fabriqué avec des arbres japonais, les légendes qui ont coulé dans leur sève coulent maintenant dans tes pages !

Je t'adore !

Chapitre 13
Kodomo no hi

À la première récréation, Sakura a confirmé à tous ceux qui l'interrogeaient que Rikishi était bien un Sumo.

— Mais chut, c'est un secret, il ne faut en parler à personne, promis ? Sinon il risque de repartir sans m'aider à régler mon... petit problème. Je compte sur vous.

En fait, comme personne ne savait véritablement à quoi ressemblait un Sumo, les recherches de photos sur Internet ont été nombreuses ce soir-là. Le lendemain, tout le monde ne parlait que de ça. La stupéfaction était totale.

Pendant plusieurs jours, il ne s'est rien passé. L'attente était longue pour Fabio : l'œil du Daruma le fixait toujours, et lui se méfiait même

de son ombre, comme s'il avait peur que Rikishi en surgisse comme par enchantement.
Mais rien, pas de Sumo à l'horizon.

Sakura, qui semblait avoir complètement oublié la présence de Rikishi, se concentrait sur les préparatifs de la fête des Garçons qui approchait (et mon anniversaire aussi, cher carnet, tu n'as pas oublié ?).
Elle avait invité toute la classe à passer chez elle après l'école le 5 mai, pour célébrer *Kodomo no hi*.
— Si j'étais à Tokyo, j'inviterais mes amis, c'est une tradition. Ici je n'ai pas d'amis japonais, alors je compte sur vous ; venez tous, je vous montrerai les carpes qui volent au vent, je vous offrirai des gâteaux traditionnels en fleurs de cerisier, et vous recevrez ainsi la force des samouraïs.
Tu t'en doutes, tous les garçons ont accepté avec joie. Fabio, lui, était moins enthousiaste, mais il n'a pas osé refuser.

Après la fête, je ne sais pas comment Sakura s'est débrouillée pour que Fabio reste l'aider à tout ranger, mais ce qui est certain, c'est qu'il n'y avait plus que lui, Étienne, Joachim, Frédrick, Sakura et moi lorsque Rikishi est arrivé. En tenue de combat, grand, immense, géant et si impressionnant !

Sakura s'est immédiatement inclinée devant lui.

— *O-Sumo-san*[1] ! Tu es venu ! *Domo arigato gozaimasu.*

Il s'est incliné devant elle, encore plus profondément.

— *Konichiwa, Sakura-hime*[2]. Quel honneur de te rencontrer ! Dis-moi où est celui qui t'insulte. Où est le jeune idiot ?

Elle a tourné la tête vers le pauvre Fabio, qui se tenait immobile comme une statue au milieu du salon, un paquet vide de Carambar à la main.

Rikishi le Sumo s'est approché de lui, Fabio n'a pas bougé ; il était verdâtre.

— Quelles insultes as-tu proférées, jeune idiot ?

Fabio est resté muet. Rikishi a haussé le ton.

— Je t'ai posé une question, jeune idiot !

Fabio a cligné des cils comme s'il se réveillait d'un long sommeil. Il venait de comprendre qu'il ne pourrait pas échapper à l'interrogatoire et qu'il devait faire face.

— J'ai dit : « Sexy sushi » !

Rikishi a froncé les sourcils

---

1 : Salutation respectueuse : « Ô grand Sumo ! »
2 : « Bonjour, princesse Sakura. »

— Quelle stupidité ! Et encore, jeune idiot ?
— « Miss Fukushima » !
Rikishi a plissé le nez en soupirant.
— Quelle honte ! Et encore, jeune idiot ?
— « Miss Japon »... « miss Wasabi »... « miss manga »...
Rikishi a pincé les lèvres et serré les mâchoires.
— Ridicule ! Et encore, jeune idiot ?
— Euh... « Niakoué »... « singe »...
Rikishi a serré les poings et a poussé un long soupir.
— C'en est trop ! Tu as profondément humilié et blessé Sakura. Tu as insulté le Japon et les femmes. Tu mérites que je te défie en combat loyal, jeune idiot. Maîtresse, quels sont tes ordres ?
— Tu es plus sage que moi, *o-Sumo-san*, je te laisse décider, a répondu Sakura en s'inclinant respectueusement.

Quelques secondes se sont écoulées, sans qu'une parole soit prononcée.

Fabio transpirait à grosses gouttes.

— Il y aurait bien une solution... a réfléchi Rikishi à voix haute.

— Oui ! Une autre solution ? Laquelle ? s'est écrié Fabio.

Une lueur d'espoir venait de s'allumer dans son regard.

Je crois que, si à ce moment-là, le Sumo lui avait demandé de venir à l'école en bikini à fleurs jusqu'à la fin de l'année, il aurait accepté !

— Je ne sais pas si je peux te faire confiance, a grondé Rikishi.

— Si, tu peux me faire confiance. Je te le promets, *o-Sumo-san* !

La vision de Fabio s'inclinant profondément devant Rikishi a failli me faire éclater de rire, mais je me suis retenue.

— Hum... a fait semblant d'hésiter Rikishi. Alors voilà ma proposition. Je te laisse le choix, comme Kaze-hime : une promesse ou un combat. Es-tu prêt à me promettre de ne plus jamais insulter le Japon, ni manquer de respect à une seule femme jusqu'à la fin de ta vie ?

— Oui ! Je veux ça !

Cris de joie de Fabio !

— Mais en es-tu capable ? Ne pas les regarder de travers, ne pas les insulter, ne pas te moquer d'elles, ne pas les humilier, ne pas leur faire peur, ne pas...

— Oui !

— Les respecter, les protéger s'il le faut...

— Oui !

— les respecter TOUTES !

— Oui !

— Quels que soit la couleur de leur peau, leur pays, leurs traditions ?
— Oui !
— Alors écoute bien, jeune idiot. Tu es un garçon, tu es grand, fort, puissant, quel dommage que tu choisisses d'être méchant ! Alors, à partir d'aujourd'hui, tu dois changer. Tu vois, moi je suis grand et fort, plus fort que la plupart des gens que je rencontre. Plus fort que toi. Je pourrais te briser rien qu'en te serrant dans mes bras. Et pourtant, je ne fais de mal à personne. Bien au contraire. J'utilise ma force pour protéger les autres. Es-tu prêt à en faire autant ?
— Oui !
— Toute ta vie ?
— Oui !
— Tu vas devoir changer...
— Oui !
— Faire des efforts...
— Oui !
— Très bien, je suis prêt à t'accorder ma confiance. Une seule fois. Si tu me trahis, tu n'auras pas de seconde chance !
— D'accord !
— Alors voici ta devise : « Je protégerai tous ceux dont la main est plus petite que la mienne. »

Fabio a regardé sa main, comme s'il ne l'avait jamais vue avant.

— D'accord, *o-Sumo-san* !

— Dis-le !

— Je protégerai tous ceux dont la main est plus petite que la mienne.

— Répète après moi : « Moi, le jeune idiot, je protégerai tous ceux dont la main est plus petite que la mienne ! »

— Moi, le jeune idiot, je protégerai...

— PLUS FORT !

— MOI, LE JEUNE IDIOT, JE PROTÉ-GERAI...

— Bien, bien, très bien. Grandis encore, en force et en sagesse, jeune idiot, on se reverra peut-être un jour. D'ici là, comporte-toi dignement.

Rikishi s'est tourné vers Sakura, s'est incliné, a murmuré : « *Sayonara, Sakura-hime* », et il est parti, en dissimulant à peine son sourire.

Fabio s'est affalé dans le canapé derrière lui, un sourire béat sur les lèvres. Il venait d'être adoubé comme un chevalier.

Protéger tous ceux dont la main est plus petite que la sienne ; c'est une sacrée mission, qui, devrait l'occuper pendant des années.

Le lendemain, Sakura a noirci le deuxième œil du Daruma et est restée quelques secondes à le contempler. Elle semblait émue.

— Merci, lui a-t-elle murmuré, j'ai été comblée au-delà de toutes mes espérances !

Quelques jours après, à ma fête d'anniversaire, Sakura m'a offert un cadeau enveloppé dans un tissu coloré.

— *O tanjobi omedeto gozaimasu*[1], Joséphine. Tiens, c'est pour toi.

J'ai ouvert et c'était toi, mon magnifique carnet.

— Jo, je voudrais que tu écrives notre histoire. Pour que nous n'oubliions jamais cette année mémorable de CM2. Quand nous serons vieilles et ridées, comme des petites pommes séchées, nous demanderons à nos arrière-petits-enfants de nous relire ces pages et nous rirons comme des fillettes. À toi de jouer, ma *tomadachi*, écris !

Et voilà toute l'histoire.

1 : « Bon anniversaire. »

Chapitre 14
Quelques explications

Cher carnet,
Je te dois quelques explications.

Bien sûr, Sakura n'est pas à la tête d'une armée éternelle, dont les guerriers peuvent surgir du passé et voyager à leur guise dans le temps.
Bien sûr, Rikishi n'est pas un guerrier légendaire vieux de plusieurs siècles.
Chaque chose a une explication rationnelle.
Mais, sans le courage, l'imagination de Sakura, et les merveilles de la culture japonaise, rien de tout cela n'aurait pu avoir lieu.

Commençons par tout ce qui est absolument vrai :
– Ce que Sakura nous a présenté dans son

exposé est vrai : la légende du poisson-chat, la fête de Setsubun et du démon Oni, la fête des Garçons et celle des Filles, et toutes les traditions. Le Japon est une terre de légendes, c'est un pays qui me fait rêver !

– Le clan Yamanakako a réellement existé : Sakura est une descendante de cette glorieuse famille de samouraïs.

– Kaze-hime, la Princesse du vent, est effectivement l'ancêtre de Sakura. Il y a beaucoup de légendes autour de son courage, de sa vie, de sa mort. On raconte qu'elle était très belle.

– Le sabre : il est exact que la famille de Sakura se transmet, de génération en génération, le sabre de Kaze-hime. Sakura en a hérité car elle est l'aînée de sa génération. Il est dans un musée à Tokyo.

– Le Daruma : les Japonais utilisent souvent des Daruma pour faire des vœux. Sont-ils toujours exaucés ? Je n'en sais rien, parfois oui, parfois non, probablement.

– Le Sumo Rikishi : il existe et il est vraiment venu chez nous. Il n'est pas celui que l'on croit, c'est là toute l'astuce.

Car Rikishi n'est pas un guerrier légendaire.
Il s'appelle en vérité Akiro, et c'est le cousin de Sakura.

Quelques explications

Un cousin pas comme les autres, puisque c'est l'un des plus grands Sumos actuels du Japon. C'est une vraie star dans son pays. Il pèse cent quatre-vingt-dix kilos et mesure deux mètres vingt ! Il est immense et magnifique... dans son genre de beauté, bien sûr.

Voici donc comment les choses se sont passées :
Quand nous étions dans le vestiaire de la piscine, le jour où Fabio a traité Sakura de « sexy sushi », elle nous a expliqué que son cousin devait venir en Europe début mai, pour une tournée de combats de sumo, et qu'elle allait lui demander s'il acceptait de lui rendre service et de l'aider à donner une bonne leçon à Fabio. Quand Akiro a su de quels noms horribles Fabio avait traité sa cousine, il a accepté avec plaisir et s'est beaucoup amusé !

Le soir où il nous a abordés après le foot, il arrivait tout droit du Japon, par l'avion du matin. Il s'était mis en tenue de combat pour faire encore plus peur à Fabio. Le reste du temps, il porte des habits normaux, heureusement pour lui ! Étienne et moi, nous savions qu'il devait venir. C'est pour cette raison que nous sommes allés ranger les ballons dehors avec Fabio. Sakura nous avait montré des photos de son cousin, mais quand il a surgi de la pénombre en demandant : « Où est Fabio ? » nous avons quand même été terrifiés. Akiro est une véritable montagne de muscles. Il s'entraîne plus de dix heures par jour, depuis plus de dix ans, pour devenir le sumo le plus fort, le plus courageux, le plus valeureux du monde.

Après notre rencontre au foot, il est parti en Angleterre pour un tournoi et n'est revenu en France que la veille du jour de la fête des Garçons.
Et voilà pourquoi la rencontre entre Fabio et lui a eu lieu ce jour-là.
Sakura avait tout organisé, avec notre complicité bien sûr : l'exposé, le sabre, le Daruma pour créer une ambiance inquiétante, puis l'arrivée du guerrier légendaire.
Pauvre Fabio...

Quant à l'Armée du vent, ce n'est qu'une légende. Personne n'a de preuve de son existence, mais qui sait ? Moi, j'aimerais tant qu'elle existe, c'est une belle histoire, qui fait battre mon cœur.

Mais toi, mon cher carnet, toi qui es fait de ces arbres qui ont grandi enracinés dans le sol du

Quelques explications

Japon, peut-être as-tu la réponse : as-tu eu la chance de voir chevaucher sous tes branches Kaze-hime et son Armée du vent ?

Qui sait ?

Épilogue et Sayonara

Voilà, cher carnet,
Tu sais tout.

Depuis fin juin, Sakura est en vacances à Tokyo, avec sa famille. Elle rentre dans deux jours, elle me manque. Je lui ai régulièrement parlé par Skype, à elle et à ses cousins, cousines, copains et copines de Tokyo, qui me trouvent très jolie avec mes cheveux bouclés ; ils disent que je suis *kawai*[1] !

Il paraît que personne n'a les cheveux bouclés au Japon et que là-bas je ferais fureur !

J'ai passé une partie de mon été à écrire notre histoire. J'ai hâte de la donner à lire à Sakura.

1 : Jolie, mignonne, charmante...

Dans une semaine, cap sur la sixième au collège Colette. Sakura et moi, nous serons dans la même classe, sa maman en a fait la demande au proviseur qui a accepté.

Hier, j'ai croisé Fabio à la piscine, qui m'a dit : « Bonjour Jo, tu as passé de bonnes vacances ? » Je suis restée scotchée ! A-t-il vraiment changé ? Ce serait une bonne nouvelle pour l'humanité tout entière.

Du coup, cette nuit j'ai rêvé de lui ! Ne te moque pas de moi, cher carnet, ce n'était pas un rêve d'amour, je te rassure, c'est simplement que je m'étais demandé pendant toute la journée s'il avait changé ou non.

Dans mon rêve, c'était le jour de la rentrée en sixième.

Sakura, Étienne, Joachim, Fabio et moi, nous étions dans la même classe. Notre prof principal, un homme grand, aux cheveux roux, souriant, et couvert de taches de rousseur, nous accueillait avec un accent terrible :

— *Hello, my name is John Kirby,* je suis votre professeur d'anglais. Je suis australien, je viens de Sydney.

Épilogue et Sayonara

Alors, à ce moment-là, Fabio a crié :

— Australie ! Kangourou !

Et moi, dans mon rêve, j'ai éclaté de rire.

Joséphine, 26 août

Daruma

Sumo

Le feuilleton des Incos

Proposer aux jeunes lecteurs de pénétrer dans les coulisses de la création d'une histoire. C'est cette idée, à la fois simple et novatrice, qui est à l'origine du feuilleton des Incorruptibles.

Pendant plus de douze semaines, des groupes de lecteurs ont entretenu une correspondance personnalisée avec un auteur. L'objet de ces échanges ? Un texte posté tous les quinze jours chapitre par chapitre par un écrivain, passablement anxieux à l'idée d'être soumis aux jugements décomplexés des jeunes. Le résultat ? Une histoire commentée et questionnée par deux cent cinquante lecteurs, aussi curieux qu'impitoyables, et autant de débats et échanges, questions existentielles et interrogations futiles, mots doux et bons mots...

Avec la complicité des éditions Oskar, le texte a été travaillé comme un manuscrit traditionnel avant de prendre le chemin des presses. C'est une aventure où l'intime et le collectif se conjuguent et se répondent pour désacraliser l'acte d'écriture, comprendre le processus de publication d'un texte, inciter à la lecture, encourager la réflexion, tisser des liens privilégiés avec un auteur et, pourquoi pas, susciter des vocations...

Association le Prix des Incorruptibles
13 rue de Nesle 75006 Paris
01 44 41 97 20
www.lesincos.com

« Un grand merci à mes tomodachi de Ploeren, La Chapelle St Luc, Mérignac, Pomacle, Melisey, Caylus, Soissons, Nogaro, Etaux, qui m'ont accompagnée durant cette aventure du Feuilleton des Incos. Vous avez été de merveilleux complices et j'ai pris plaisir à créer «Banzaï Sakura» sous vos yeux de lecteurs impatients. Nous avons, pendant quelques mois, gardé ce roman rien que pour nous, il est temps maintenant de le partager avec les autres. J'espère qu'il leur plaira autant qu'il vous a plu. Sayonara ! »
Véronique Delamarre Bellégo

Groupes de lecteurs participants
Les CE2 de l'école de Ploeren (56)
Les 6ᵉ du collège de La Chapelle St Luc (10)
Les tomodachis de Mérignac (33)
L'école de Pomacle (51)
La classe de Melisey (89)
Les CM1-CM2 de Caylus (82)
Les CE2-CM1 de Sandrine de l'école de Soissons (02)
Les CM1-CM2 de Nogaro (32)
Les CM1-CM2 d'Etaux (74)

Biographie

Véronique Delamarre Bellégo est née en 1964.

Quand elle était petite elle passait ses journées à lire et à rêver. Elle voulait être écrivain, raconteuse d'histoires, journaliste, justicière, exploratrice, anthropologue, vivre avec Mère Teresa et sauver le monde.

Elle a d'abord travaillé en entreprise à Paris, pendant quinze ans, avant de quitter la France pour s'installer en Asie. Elle a vécu à Tokyo au Japon, puis à Singapour, avec son mari et ses enfants. Elle a profité de cette expatriation, pour voyager dans la plupart des pays d'Asie, découvrir de nouvelles cultures, apprendre de jolies langues, exercer plusieurs métiers et se lancer dans la littérature pour la jeunesse.

Depuis 2006, elle habite de nouveau en France et a publié une quinzaine de romans.

Quand elle n'écrit pas, elle rencontre ses lecteurs, anime des ateliers d'écriture et des formations pour adultes, travaille avec des étudiants à l'Université, et fait du bénévolat pour l'association Enfants du Mékong qui vient en aide à l'enfance défavorisée d'Asie du Sud-est.

Elle a encore plein de projets, mais il lui faudrait certainement vivre mille ans pour tous les réaliser. Alors elle écrit des romans pour se lancer dans toutes les aventures qu'elle n'a pas le temps de mener dans sa vraie vie.

Éditeur : Oskar

Série le Club des Inséparables
Le Secret de grand-oncle Arthur, 2008
Le Mystère de la princesse russe, 2008
Vent d'aventures, 2010

Romans
Lise, ma chérie, 2007
Louis et le Jardin des secrets, 2009
SOS ange gardien, 2010
La Guerre des crottes, 2012
Tonnerre de sorcière ! (tome 1), 2012
Camille est adoptée, 2013

Collection Les Aventures de l'Histoire
L'abbé Pierre : « Mes amis, au secours... » 2012
Mère Teresa : « Aimer jusqu'à en avoir mal », 2013

Romans, adaptation du suédois
Adieu, monsieur Câlin
Prix Chronos 2009 (lauréat)

Nelly Rapp
– L'École des monstres (tome 1)
– Le Monstre de Frankenstein (tome 2)

Éditeur : Oslo (romans)

Série : Les Sentinelles de la Terre (aventures écologiques)
– Pour l'amour d'une baleine en danger (tome 1), 2011
– À la recherche des éléphants perdus (tome 2), 2011

Véronique Delamarre Bellégo
Sélections et prix littéraires

Éditeur : Oskar (romans)

Lise, ma chérie – 2007
Sélection prix Coup de pouce 2009

Le Secret de grand-oncle Arthur – 2008
Prix du roman jeune de Laval – 2009 (lauréat)
Prix jeunesse de la ville de La Garde – 2009 (lauréat)
Prix Lire… élire en Moselle – 2009 (lauréat)
Prix des Incorruptibles CE2-CM1 – 2010 (lauréat)
Primé des écoliers CE2-CM2 – Reims – 2010 (lauréat)
Sélection prix Cantonly CM1-CM2 – 2011
Sélection du prix littéraire des parents et enfants de Gennevilliers (92) – 2014

Le Mystère de la princesse russe – 2008
Sélection Graines de lecteurs du Séronais – 2010
Prix Délire des livres de Chécy – 2011 (lauréat)

Vent d'aventures – 2010
Sélection Prix des jeunes lecteurs de La Seyne-sur-Mer – 2012

Louis et le Jardin des secrets – 2009
Prix Chronos – 2011 (lauréat)
Prix de Rillieux-la-Pape 2011 (lauréat)

SOS ange gardien – 2010
Sélection Opalivres – 2011
Prix Festi-Livres Nord Cadet – 2011 (lauréat)
Prix des jeunes lecteurs de La Seyne-sur-Mer – 2012 (lauréat)
Prix des Incorruptibles CM2-6e – 2012 (lauréat)

Prix des Collégiens de l'Estuaire- La Baule – 2012 (lauréat)
Sélection Prix jeunesse de la ville de Bréhal – 2012

La Guerre des crottes – 2012
Sélection prix Trégor Ados – 2013
Prix Chapitre Nature- 2013 (lauréat)
Prix de la ville du Touquet- 2013 (lauréat)
Sélection du Festival Passage de témoin, de la ville de Caen- 2014
Sélection grignoteurs Ruralivres en Cambrésis – 2014
Sélection aux JDL, journées de la lecture, de Bron - 2014

Tonnerre de sorcière ! (tome 1) – 2012
Prix Bibliodéfi Herblay- 2013
Sélection Prix Escapages - 2014
Sélection Prix Graines de lecteurs de Pau- 2014
Sélection Prix Bouquin Malin, Oloron Ste Marie- 2014
Sélection Prix Chronos Suisse- pro Senectute- 2014
Sélection Prix graines de lecteurs du Séronais- 2014
Sélection Prix des collégiens de l'Estuaire - 2014

Camille est adoptée –2013
Sélection prix Livrentête – 2014

Éditeur : Oslo (romans)

Série : Les Sentinelles de la Terre (aventures écologiques)
- Pour l'amour d'une baleine en danger (tome 1) – 2011
Sélection la Bataille des livres (Suisse) 2013 et 2014
- À la recherche des éléphants perdus (tome 2) – 2011
Sélection Prix jeunesse de Saint-Nom-la-Bretèche – 2012
Sélection Prix des jeunes lecteurs de l'Oise 2012-2013
Sélection Prix Graine de lecteurs du Séronais - 2013

Publié par Oskar éditeur
21, avenue de la Motte–Picquet
75007 Paris - France
Tél. : +33 (0)1 47 05 58 92
Fax : +33 (0)1 44 18 06 41
E–mail : oskar@oskareditions.com
Site Internet : www.oskareditions.com

Auteur : Véronique Delamarre Bellégo
Graphisme : Jean-François Saada
Direction éditoriale : Françoise Hessel
Mise en page : David Lanzmann

© Oskar, 2014
ISBN : 979-10-214-022-4
Dépôt légal : Mai 2014
Imprimé par Soregraph à Nanterre (92)
N° d impression : 13817
Loi n° 49–956 du 16 juillet 1949
sur les publications destinées à la jeunesse